청춘특별시

청춘특별시

ⓒ 빛솔, 2022

초판 1쇄 발행 2022년 5월 6일

지은이   빛솔
펴낸이   이기봉
편집   좋은땅 편집팀
펴낸곳   도서출판 좋은땅
주소   서울특별시 마포구 양화로12길 26 지월드빌딩 (서교동 395-7)
전화   02)374-8616~7
팩스   02)374-8614
이메일   gworldbook@naver.com
홈페이지   www.g-world.co.kr

ISBN   979-11-388-0922-1 (03810)

청춘에게 보내는 특별한 메詩지

청춘특별시

빛솔 지음

좋은땅

실제로 글을 적는 데는 1년 남짓의 시간이 걸렸지만 짤막한 명언에서
도 묵직함과 감동이 느껴지는 것은 그 말을 이뤄 낸 사람의 삶의 무게가
담긴 것이듯이 지금까지 제가 배운 인생과 청춘들에게 쏟은 20여 년의
시간들로 책을 가득 채웠습니다.

젊은 청춘과 나이와 상관없이 생각과 정신이 청춘같이 푸른 사람과 잊
지 못할 청춘을 가진 모두에게 이 책을 전합니다.

청춘에게 보내는 특별한 메시지, 청춘특별시를 통해
만나게 되어 반갑습니다.

목차

1부

청춘, 너라는 꽃

2부

꿈의 스위치를 켜라

생각해 보면 20년 가까이 청춘들과 울고 웃으며 함께해 왔습니다.

대학교만 참여 가능한 입시박람회에 사설 기관으로는 유일하게 참여하게 되었고, 3만 명의 고3 수험생들에게 선택당하는 대학 생활이 아닌 선택하는 대학 생활이 되도록 멘토링을 해 준 것이 시작이었습니다.

그리고 수백 번의 프로젝트 기획과 강의 활동이 이어졌습니다.

모든 활동을 누가 시켜서 한 적은 없습니다. 지난날을 돌아보며 원고를 쓰고 보니 '아, 내가 청춘을 사랑했구나' 깨닫게 됩니다.

이 책에는 나의 청춘과 우리의 청춘 사이에 오갔던 진심 어린 대화와 실질적인 코치들을 담았습니다.

지방대 출신에 아무 보잘것없던 저는 청춘들과의 만남을 통해 기획가이자 라이프코칭 전문가로서 성장하였고, 현재는 20년 차 선임연구원, 시총 1위 글로벌 기업의 리더, 월 1500만 원 이상 수입의 사업가, 연봉 1억 이상의 회계사, 국가대표, 문화기획가, 공무원, 정치인 등 해외 리더들에 이르기까지 과거의 저였다면 상대할 수 없었을 사람들에게 영감과 방향성을 제시하고 있습니다. 이 책 속에는 평범하던지 그 이하일 수밖에 없었던 제가 자신을 찾고 완성해가면서 오히려 사회적, 인격적 위치를 가지신 분들을 코칭했던 비법 또한 담고 있습니다.

사실 메시지는 전달 방식에 따라 전혀 다른 결과가 되다 보니 어떤 태도로 어떻게 전할지를 많이 고민했습니다. 요즘 같은 영상 시대에 길고 긴 이야기들은 청춘들에게 지나치고, 짧게 핵심을 전할 수 있는 방법이 없을까 찾아보다가 이 메시지들을 '시'라는 그릇에 담아 보자 결심하게 되었고 바로 써 내려가기 시작했습니다.

시는 첨단문학인 동시에 다양한 생각을 자극하고 핵심을 전할 수 있는 좋은 글의 형태였습니다. 쉽고 명료해야 머리에 남고, 머리에 남아야 실천하게 되니 시로 표현하는 것이 딱이었습니다.

그러나 시 분야 자체가 청춘들에게 인기 있는 분야도 아니었고 시가 자기계발서나 경제 서적처럼 직접적이고 실용적이지 않아서인지 청춘들에게 '시는 당장 내게 꼭 필요한 것은 아니다'라는 인식이 있었습니다.

그나마 지금의 청춘들에게 유행하고 있는 대중적인 시들을 살펴보니 과연 문학으로 볼 수 있냐는 논쟁이 있을 정도로 생활적 공감과 해학적인 그것에 초점을 두고 있었습니다. 각박한 현실 속에서 웃을 수 있고 생활 속에서 공감할 수 있는 시는 '이것도 시야?'에서 '이것도 시네.'라는 관념의 변화를 가져왔고 인스타그램 같은 SNS에서 자작시는 하나의 트렌드가 되어 있었습니다. 예쁜 시 문학에서 생활 밀착형 시들로의 변화에 중심에는 자신이 하고 있는 것, 자신에게 필요한 것이 아니면 무관심하고 자신이 원하는 것에는 열광하는 요즘 청춘들이 있었습니다.

전부라고 볼 수는 없지만 요즘 다수의 청춘들은 현실과 상관이 없으면 정말 쳐다보지도 않습니다. 그러한 청춘들에게 진심으로 소통하면서 한편으로는 그들의 현실 문제가 풀어질 수 있는 직접적이고 실용적인 방향도 제시해 주어야 하기에 보고 끝나는 시집이 아니라 살아낼 수 있는 시집을 쓰게 되었습니다.

시인이 쓰는 것이 시라면 엄격히 여기에 담긴 것들은 시가 아니겠지만 삶의 메시지를 시로 옮기는 것이 시인이라면 여기 이것들도 삶에서 우러나온 시입니다.

시 = 문학, 시 = 감성, 시 = 공감일 수 있지만 시 = 인생입니다.

시는 마음에 품고 끝낼 수도 있지만 직접 살아 낼 수도 있는 것입니다. 그 몇 마디가 깊은 것을 끌어낼 수 있습니다. 그런 시의 실효적인 힘도 전해보고 싶습니다.

무엇보다 이 책은 처음부터 끝까지 다 읽지 않아도 됩니다.

책 한 권 읽을 시간도 없던 사람이 이 책을 펼치고 있다는 것부터 기적이기에 전부 다 읽지 않아도 되는 책을 썼습니다. 그저 머리맡에 뒀다가 잠들기 전이나 일어나서 아무 곳이나 펼쳐 보고 덮을 수 있는 책이면 좋겠다고 생각했습니다. 음미하고 살아 보고 그러다 또 펼쳐 보고 싶어지는 당신에게 가까운 그런 책이었으면 좋겠습니다.

많은 청춘들이 진정한 자신을 찾길 원하고 경제적 자유와 안정된 사회적 위치를 원합니다. 그러나 자신에 대해 알지 못하고, 다가올 미래에 어떻게 대처해야 할지 모르는 20대는 위태롭고 불안합니다.

그런 20대에게 '청춘특별시'는 방향이자, 힘이 되어줄 것입니다.

코로나로 인해 많은 것들이 제한되고 많은 변화가 일어나면서 새로운 시대에 대한 설렘보다는 현실적 문제들과 예측 불가능한 앞날에 대한 불안이 큰 것도 사실입니다. 하지만 움직이지 않는다면 어떠한 방향도 힘도 존재하지 않습니다. 이럴수록 우리에게는 지지 않는 청춘의 마음이 필요합니다. 어떤 중심으로 정체성 혼란의 시대를 살아나가야 할지 이 책을 통해 답이 아닌 정신적 방향성을 제시하고 잠시나마 생각의 환기를 통해 지친 마음을 위로하고자 합니다.

이제 첫 문을 열며,
먼저는 나를 가르쳐 주신 나의 멘토와 사랑하는 하나님,
지금의 나를 만들어 준 청춘들에게 감사를 전합니다.
그리고 이 책을 펼쳐 준 당신에게 감사합니다.

당신에게 따뜻한 봄이 찾아오도록

이 책은 당신의 머리맡에 있을게요.

1부

청춘, 너라는 꽃

청춘, 너라는 꽃

한때 피고 지는 꽃이
순간이라지만
그 순간이 아름답구나

꽃이 열매를 위해
피었다 지듯
청춘도 인생을 위해 피어나
과감히 진다

인생 한 번 피고 지는 청춘에
아쉬워하지만
낙화의 아름다움은 결실이리라

꽃피워 본 자만이 맛보는
달콤한 인생이여
꽃이 져도 울지 않는
열매 맺는 인생이여

아!
그래서 청춘의 꽃은 피었구나

꽃에게 배운 말

꽃마다 좋은 빛깔에
개성이 만발하였다

저마다 색이 있어서 아름다운 거라고
바람 따라 너울거린다

꽃들에게 배운 말을 적어 보니
빛깔 좋은 인생을 살라고 한다

꽃들의 말대로 빛깔 좋게
가진 열정의 색 그대로 살기를

누구보다 자신 있는 색조로
오늘도 순색의 꽃을 피워내기를

청춘의 인꽃에
개성이 만발하였다

당신의 의미

우리는 많은 대화들 속에서 어떤 말을 할지
말의 내용이 괜찮을지에 대해 고민하지만

그보다 먼저인 것은
상대에게 당신이 어떤 의미인지
알게 해 주는 것입니다

무의미한 것과 시간을 보내고 싶어하는 사람은 없습니다
왜 잘해 줬는데도 좋은 소리를 못 듣고
별로 한 것도 없는데 좋은 소리를 듣게 되는지는
나의 의미에 달려있습니다

상대에게 어떤 말과 무엇을 해 줄지 보다
내가 어떤 사람이 되어 줄 것인가를 더
고민해 봅니다

기억하세요
내가 무엇을 해 주느냐도 중요하지만
상대에게는 당신의 의미가 더 중요합니다

좋은 만남

우리가 처음
어떠한 모습으로 만났는지도 중요하지만

더 중요한 건

우리가 만난 후
어떤 모습으로 변화되었는가겠죠

너와 내가 되어
만나고 익어 가는 우리들 속에

좋은 변화가 찾아왔다면

너와 나의
만남으로부터 온 짙은 향기에

아 내가 정말 좋은 사람을 만났구나
코 끝 찡하게 깨닫겠죠

내가 된다

내가 하는 말
내가 하는 생각
내가 하는 행동이
내가 된다

결국 시간과 세월이
자기를 만들고
결국 시간과 세월이
자기가 된다

어떤 말
어떤 생각
어떤 행동으로
어떤 시간을 쓰던지
그것이 내가 된다

순간을 소중히
내뱉는 것은 신중히
지금이 바로 나다

나

상대에게 나를 그려 달라고 해 보니
이게 나인가 싶습니다
누구라도 내 마음에 쏙 들게 그리는 건
쉽지 않을 것입니다

다른 사람이 나를 어떻게 보는지에 대해
너무 목매지 않아도 되는 이유는
그 사람이 가지고 있는 인식과 실력대로 밖에는
그려낼 수 없기 때문입니다

사람들이 나에 대해 하는 말
그려진 이미지들이 나와 비슷할지는 몰라도
'진짜 나'는 아닙니다

그림은 원본을 기준 삼아 그리는 것입니다
그리고 인생도 마찬가지입니다

그린 그림을 기준 삼아서
원본을 부정하고 뜯어고친다면
더 이상 원본의 '나'는 찾아볼 수 없습니다

누구라도 이 세상에 하나뿐인 '원본'입니다
이미지와 주위 평판을 따라 살기보다
진짜 자신을 발견하고 표현하며 살아야 됩니다

주로 자신이 얻고 싶은 이미지들을 이야기하지만
어떤 이미지를 내게 입히는 것이 아니라
순수한 나다움을 발견하고 어필할 때
가장 자연스럽고 진실된 개성이 됩니다

한순간이 아닌 꾸준한 삶으로
나를 제대로 보여 줄 수만 있다면

누구도 의식하지 않되 존중하면서
가장 나답게 행복한 자신을 살아갈 수 있다면

그것이 훼손되지 않은
가치있는 원본의 인생입니다

가식보다 진심으로

가 면 좀 벗어, 늘 그런
식 이면 너란 사람 곤란해

진 짜 빛나는 건
심 각하게 꾸며 낸 네가 아니라 그냥 너야

목련의 마음

길가에 피어올라
가는 발걸음을 멈추게 했던 목련 꽃은
어느새 새하얀 꽃잎을
다 떨구었습니다

길가에 흩날리는
꽃잎조차 아름다운 건
자신을 제때에 피워 냈기 때문입니다

봄에 다 피워 내고
미련 없이 지는 목련처럼
할 일을 다 한 사람에게 미련은 없습니다

봄을 위해 피었다가
질 때는 새하얀 꽃길이 되는 목련처럼

지는 것조차 아름답도록
목련의 마음으로
미련 없이 살으렵니다

명함 없는 꽃

꽃은 명함이 없어도
누구나 꽃이라고 부른다

실제가 있는데
누가 아니라고 하겠는가

지금은
명함을 보여 주는 시대가 아니라
실제를 보여 주는 시대다

명함이 있어도 꽃이 없다면
누가 '꽃'이라고 부르겠는가

활짝 피어라 청춘아
명함 따위는 실로 핀 꽃에 비할 바 없으니

명함만 남은 시든 꽃 보다
차라리 명함 없는 생화가 되어라

예쁜 청춘

작은 것에도 진심으로 감사하는 모습이
얼마나 예쁜지

청춘은 알아야 하네

작은 것에도 매 순간 감사하며
매 순간 예뻐지도록

청춘은 알아야 하네

감사하는 당신이
얼마나 사랑스러운지

청춘은 알아야 하네

자꾸만 감사하는 그대가
예쁜 꽃으로 보이네

셀카하세요

지나가는 젊음을
저장해 둘 수 있다는 건
정말 매력적인 일입니다

지나면 다시 볼 수 없는 젊음이
그 순간 찍어 놓은 사진 속에
두고두고 빛날 수 있으니까요

청춘이라는 기회도 지나면 볼 수 없지만
그 순간 행동해서 얻은 건
두고두고 곁에 있습니다

청춘도 셀카하세요

지나가는 기회를
행동으로 잡을 수 있다는 건
정말 매력적인 일입니다

청춘 기억

행복이란 단어를
기억하기보다는

그때의 감각을
기억하고 싶습니다

청춘이라는 단어를
기억하기보다는

그대로의 모습을
기억하고 싶습니다

우리가 함께한 날들을
기억하고 싶습니다

푸르른 날 곁에 있던
당신을 기억하고 싶습니다

다시 보기

지나간 청춘도
눈앞의 사람도

천천히 오래 두고
다시 볼 때 아름답다

두 번이고 세 번이고 다시 봐야 보이는 것들
다시 볼 때 보이는 새로움들

새로운 것만 찾기보다
곁에 있는 소중함을 잃지 않도록

천천히 다시보기
다시 새롭게 보기다

꽃의 목적

꽃은
내가 꽃을 피울 수 있을까 없을까를
걱정하지 않는다
그저 꽃 피우기 위해 최선을 다할 뿐

꽃도 안 하는 걱정을
우리는 최선을 다해 보기도 전에 한다

걱정이 무색하도록
때마다 꽃은 피어나고
생명력을 뿜어낸다

의심과 걱정으로 인생을 허비하며
시간을 죽이기보다
생명력 있는 인생으로 피어나도록
확신하기를

인생은 꽃보다 분명한 목적이 있고
꽃 피우고 열매 맺기에 충분하다

잘되는 사람

세상에 안되는 사람은 없습니다
다 되는데 안되는 길로 갈 뿐입니다

올해는 '잘되게 해 주세요.' 보다
잘되는 길을 찾아서 그 길로 가보세요

잘되는 사람은
길을 잘 선택한 사람입니다

우주 같은 우리

회전의자에 앉아 한 바퀴 돌아 본다
밖으로 나가 세상 한 바퀴 돌아본다
온라인으로 세계를 한 바퀴 돌아본다

나에게 있는 자전과 공전들
별과 거리 그리고 빛과 연결

우주의 행성뿐만 아니라
우리도 그러한 것을

자기 안에서만 구르는 '자전'이 아닌
공유와 협력의 '공전'으로

자전하듯 자존하고
공전하듯 공존해야
온전히 존재하는 우주 같은 우리

자신을 알아 간다는 것

자신을 안다는 것은
때로 수학을 공부하는 것 같습니다

깊이 몰라도 사는 데 지장은 없고
뭔가 공식이 있을 거 같으면서
그 공식을 체득하는 건 어려운 느낌이거든요

수학을 어려워하지만
배우는 이유는 대부분 시험 때문이듯
인생에도 닥쳐오는 문제와 시험들이 있기에
나라는 사람이 답이 되기 위해서
결국 배우고 공부하게 됩니다

우리는 고정된 사물이 아니고
내적으로는 끝없이 성장할 수 있는
가능성의 존재이기 때문에

완벽하게 자신을 아는 것이 목적이라기보다는
자신을 매일 탐구하고 발견하고 알아 가는 것이 목적입니다

평생을 배우고 수학만 공부했어도
수학을 완벽히 다 안다고 할 수는 없겠지만
배운 만큼은 수준에 맞는 문제들을 풀 수 있습니다

자기를 아는 것도 마찬가지예요
자기를 완벽히 다 안다고 할 사람이 누가 있겠냐만은
성장한 만큼은 인생의 문제를 풀어나갑니다

자신을 잘 모른 채 산다는 것은
공식도 답도 모른 채 수학시험을 보는 것 같아서
답답함과 후회를 남기기 마련입니다

그러니 자신을 완벽하게 알지 못하더라도
꾸준히 알아 가는 것은 너무나 중요합니다
어제보다 오늘 더 알게 된 나로 살아갈 때
막연한 두려움과 스트레스들은 사라져 갑니다

자신을 도대체 모르겠어서 불안했거나
자신을 알아 가는 과정이 어렵게 느껴졌다면
완벽하게 알기 위해서라기보다
매일 새로운 나를 발견하고 배우기 위해서 살아 보세요
성장하는 자신과의 만남이 자신을 알아 가는 기쁨이고
자신이 명확해져 가는 과정입니다

봄꽃 같다

청춘이 봄꽃 같습니다

다른 계절의 꽃보다 먼저 피는 것도

조용히 피어나 어느새 아름다운 것도

언제까지 피어 있을 수 없는 것도

피어 있을 때 본 사람만 아름다움을 느끼는 것도

청춘과 봄꽃은 참 닮았네요

봄날

4월 봄날에 만개하는
벚꽃이 흐드러지다

문득, 꽃들이 아름다운 건
최선을 다했기 때문일 것이라

나와 당신의 청춘도
다시없을 듯 피워 내고
최선의 아름다움으로 하얗게 빛나기를

서로가 최선을 다해
만개한 벚꽃의 마음으로 산다면

인생 가득 찬 꽃들로
아름다운 봄날을 살으리

존재의 이유

꽃은 계절을 말해 주고
구름은 바람을 보여 주며

흙은 모든 것을 받아주고
태양은 더없이 비춰줍니다

어떤 것을 말해 주고
어떤 것을 보여 주며

어떤 것을 받아주고
어떤 것을 비추일지

아무리 많이 있어도
쓰여지지 않는 것은
존재해도 무가치한 것임을

사랑해서 더 주기 위해 존재해야
가장 자연스러운 삶임을

더 가지려고 하기보다
자신이 가진 것 다하여
살아 주는 것이 가치 있는 존재임을
자연은 말해줍니다

그걸 깨닫게 해 준
자연에게 감사합니다

누구를 위해 꽃은 피었나

인적 드문 산 길
보는 사람 없어도

때가 되면 약속한 듯
피고 지는 꽃들

누구를 위해
피고 지는가 보니

자신을 위해서
사람을 위해서
그리고 창조자 하나님을 위해서다

인생도 알고 보면
자신을 위해서
상대를 위해서
지으신 이를 위해서
때를 따라 피고 진다

다시 피어나기에

꽃은 필연 시듭니다
그리고 이듬해 또다시 피어납니다

눈앞에 핀 수국은 그렇게 피고 지기를
30년 동안 했다고 합니다

한겨울 다 털어 내고
다시 피워 낸 꽃이 신비하고 사랑스럽기만 합니다

열정도 청춘도 사랑도
그 뜨겁던 것이 어디 갔냐 할 때가 있지만
다시 피워낼 수 있어야 살아 있는 것입니다

탓할 것도 없이
시들은 모든 것들을
다시 피워 낼 때입니다

아직 살아 있기 때문입니다

살아있기에 다시 피어나고
다시 피어나기에
사랑스러운 우리입니다

활짝 피워라

하늘도 바람도 비도 계절도
다 시작된 너를 위해서다

시작했으니 더없이 활짝 피워라
피우지 못한 꽃이 되지 말아라

쉼 없이 아름답게
활짝 핀 네가 되어라

2부

꿈의 스위치를 켜라

꿈의 스위치를 켜라

방 안 어디를
눌러 보아도
불은 들어오지 않습니다

딱 한 곳
스위치를 누르는 순간
즉시 온 방이 환해집니다

내 안에
꿈의 스위치를
누르는 순간

우리는 안에서부터 온통
밝아 오는 걸 느낄 수 있습니다

개척

한 번도
가본 적
없는 길을
가려 한다면

그 길을 뚫은
누군가가 있으니
그의 방법으로 가면 쉽다

누구도
가 본 적
없는 길을
가려 한다면

정말로
그 길을
가려 한다면

먼저 자기 자신을
깊게 만나야 된다

새로운 나를 만날 때
없던 길이 생겼고
변화된 내가
길이 되었다

새로운 길을
간다는 건
결국 자신이라는
새로운 길을 내는 것이다

천 리 꿈도 한 걸음부터

시작 못한
꿈들이 보여
한 발 한 발 다가서 보니

나의 꿈이
다시 뛴다

시작하니
다음이 보여
한 발 한 발 내딛다 보니

그날 또한
완성되어 간다

천 리나 먼 길도
시작은 한 걸음

시작이 먼 저 꿈도
눈앞에 서 있게 해주니
천 리 꿈도 한 걸음부터

꿈의 시작

꿈을 이룬 사람들이
처음 한 행동이 무엇인지 아시나요?

꿈이 있는 그곳으로 가는
차에! 기차에! 배에! 비행기에! 우주선에! 〈몸〉을 실었습니다

몸을 실은 것이
꿈의 시작이었습니다

꿈은 가만히 앉아서 꾸는 것이 아니라
찾아가서 이루는 것입니다

꿈 아닌 현실

하늘을 나는 게 꿈이었다
1903년까지는

동력비행기의 등장 후
하늘을 나는 것은 더 이상 꿈이 아닌 현실이 되었다

비행기가 존재하는 한
사람들은 라이트형제를 기억할 것이다

스마트폰이 존재하는 한
2007년의 스티브 잡스를 기억할 것이다

전기차가 존재하는 한
일론 머스크를 기억할 것이다

불가능해 보이지만
도전해야 하는 이유는

꼭 가능해야만 하는 일이기
때문이 아닐까?

나의 꿈이 이뤄져야만 하는 이유는
나 때문만은 아니다

청춘들이여
큰 꿈을 가지고 세상을 바꾸자

실현된 꿈은 죽어서도 기억되고
이뤄 낸 꿈은 꿈이 아닌 현실이다

당신이라는 꿈

당신이 꿈을 찾아다니고
꿈을 향해 도전하는 중에도

부모님의 꿈은 '당신'입니다

그러니 포기하지 말고
흔들리지 말고
쓰러져 있지 말고

건강하고 행복하게
꿈을 향해 나아가세요

너무 힘들고
혼자인 것 같고
스스로는 도저히
힘이 나지 않을 때

당신은 포기되어도
당신을 포기하지 않는 사람들을 위해서
꼭 힘을 내어 이루세요

당신은 누군가의 꿈이 될 수 있고
이미 누군가의 꿈입니다

꿈, 열정, 행복

'꿈'이 없으면
시작할 수 없습니다

꿈이 있어도 '열정'이 없다면
도달할 수 없습니다

꿈을 이뤘어도 '행복'하지 않다면
이루지 않은 꿈보다 못합니다

시작하고
도달하고
행복할 수 있도록

당신의 꿈, 열정, 행복
이 세 가지를 응원합니다

드림카

주차장에 서 있는 머스탱
인생의 드림카라며 설레던 친구

드림카를 가지게 된 지금
언제 팔지를 고민한다

드림카의 현실은
연간 보험료 300만 원
자동차세만 120만 원

꿈을 이루는 데도 수고와 비용이 들어가지만
꿈을 지속하는 것에도 그만한 대가가 있다

역시 꿈은 그 꿈으로 인한
현실의 어려움을 넘은 사람들의 것이다

꿈이 이뤄지려면
내가 그 꿈만큼 커야 된다

꿈의 스텝

첫 번째 꿈을 이뤘다면
두 번째는 꿈을 성장시키기다

이루어진 꿈을
다음 꿈의 발판으로 삼을 때
꿈은 성장한다

세 번째 가치적인 꿈을 가져야 하고
이뤄 낸 꿈은 이루기 전보다 더 소중히 하기다

귀하게 얻어 놓은 것을 소홀히 함으로
잃어버리거나 빼앗기지 않고
오늘도 꿈의 스텝을 밟는다

당신의 꿈이 당신의 어려움을 덮고도 남으면

비가 올 때는 우산을 펼치듯이
어려울 때는 꿈을 펼치세요

움츠리지 말고
오히려 이 상황에서는 어떻게 이룰까
고민하며 더 펼쳐 나가야 합니다

기회는 역시나 맑고 청명한 좋은 날에만 오지 않고
비바람 폭우 속에서도 왔습니다

좋은 때보다 어려울 때 더 간절하게 답을 찾으니
끝내주는 답이 나오기도 했습니다

어떤 위기도 기회가 될 수 있다고 말하고 싶습니다

어렵다면 펼치세요
당신의 꿈이 당신의 어려움을 덮고도 남으면
당신의 꿈이 이긴 겁니다

당신이 할 수 없을 것 같은 일을 하세요

.

안주하기보다
젖어 들기보다

한계를 넘고
매너리즘을 벗고
새롭고 생동감 있도록

당신이 할 수 없을 것 같은 일을 하세요

누군가는 편안히 잘 살기위해 꿈을 갖지만
아이러니하게도 편한 꿈은 없습니다

다만 할 수 없을 것 같은 일에
큰 성취가 숨어있을 뿐입니다

이것이 어려워도 도전하고
불가능해도 꿈꿔야 할 이유입니다

부

먹고, 입고, 자고, 타는 것이 해결되면
정말 더 바랄 것 없이 행복할까

아니, 막상 몇 날 몇 달이 지나면
지루하고 뻔하고 당연한 것이 되어 있겠지

반대로 꿈과 의미만 찾고
현실적으로는 먹을 것도 입을 것도 자는 것도 타는 것
어느 하나도 해결이 안 된다면 행복할까

당연히 아니
현실에 뿌리내리지 않았는데
현실에서 열매를 거둘 수는 없는 법
이건 우리가 이미 겪어 봐서 잘 알지

꿈과 현실의 차이는
꿈을 현실로 끌어내려야 할 이유가 아니다
그 차이를 연구와 실천으로 채울 때
현실과 이상 두 세계가 만나 하나가 된다

그러니 부자든 거지든 평범하든 특별하든
통장 잔고만큼이나 실천이라는 자산을 관리해야 된다

더 나아져 가는 〈나〉는
더 나아질 수 없고
더 나아지기 어려운 〈부자〉보다 낫고

늘 비싸고 좋은 수준의 삶을 사는 것 같지만
유지하기에 바쁜 부자, 이미 부자라 갈수록
더 부자 되기가 어려운 부자보다
자기 부족을 느끼며 성장하는 내가 났다

더 비싸고 좋은 건
'부'가 아닌 '새로움'에 대한 사람의 본심이다

자신을 새롭게 하는 그 마음을 깨워야
잘 먹고 잘 입고 잘 타기 위한 집착으로부터
자유로워진다

부가 자유를 가져다주는 줄 알지만 순서가 다르다
사실은 자유로운 사람에게 진정한 부가 따른다
꿈의 추구를 통한 성장이 진정한 자유를 가져다주고
성장한 자신에게 따르는 부가 축복이 된다

〈꿈〉은 꾸는 것이 아니라
이 끝에서 저 끝까지 실체를 이루어 누리고 사는 것이다
실현된 꿈은 이뤄 낸 사람이 누리는 진정한 부와 자유다

꿈꾸는 사람

끊임없이 꿈꾸는 사람은
하루가 짧습니다

내일이 기다려지는 이유는
꿈을 이루는 중이기 때문입니다

〈꿈꾸는 시간〉이 지나면
〈꿈을 이루는 시간〉입니다

하루하루가 실현의 시간으로
차곡차곡 쌓아져 갑니다

끊임없이 꿈꾸는 사람은
꿈을 잊을 새가 없습니다

한시도 잊어본 적 없이
매일 머릿속을 가득 채웠던 꿈이
결국은 때가 되어 실제로 이뤄져 갑니다

꿈

꿈은 이뤄지면
더 이상 꿈이 아니다

몽상의 꿈이 깨고 나면 사라지듯
이루고 나면 간절했던 꿈도 끝이 난다

꿈 너머에 더 큰 꿈을
때마다 성장하는 꿈을
죽지 않을 꿈을 가져라

꿈 너머에 더 큰 꿈을 품고
때마다 성장하는 꿈을 꾸는 사람은
꿈이 이뤄져도 실망하지 않는다

이룬 꿈은 이룰 꿈의 발판이 되고
어떤 꿈은 죽을 때까지 이뤄지지 않기에
평생 나를 가슴 뛰게 한다

이룬 후에도 허무하지 않을
너만의 꿈을 꾸어라

이룬 후에도 죽지 않는
영원한 꿈을 꾸어라

3부

청춘 개발

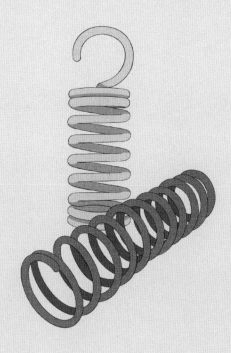

늙은 천리마

젊은 천리마는
천 리를 달리지만

늙은 천리마는
천 리 가던 생각만 한다

진짜 천 리를
가는 사람은

발도 빠르지만
생각과 실천이
젊고 빠르다

용수철

잘하려면
익숙해져야 되고
익숙하려면 반복이다

아니,
왜 거꾸로 생각했을까
잘하는 것은 결과인데

반복하면 익숙해지고
익숙해지면 잘한다

다만 늘 같은 반복은
제자리를 맴도는
지루한 쳇바퀴

어제와 다른 반복은
나선형으로 이어진
견고한 용수철

나를 말아 올리는 반복이
쉽지는 않아도
기꺼이 용수철이 되어라

그 날의 탄성을 준비하고
기회를 만나 튀어 올라라

문제

많은 문제
갑작스런 문제
문제만 보면

답답하고
아 어쩌나 싶고
왕 스트레스

문제가
해답을
가리지
않도록

문제보다는
해결에 집중
하는 게 좋아

문제는
문제보다
문제를 해결하는 게
문제니까

멘토

이미 알던 것조차도
난 진짜로 아는 게 아니였어!
라고 고백하게 만드는 멘토를
꼭 만나 봐야 합니다

나에게 무수한 영감과
실천거리를 던져 주는 만남을
꼭 가져 봐야 합니다

아직 없다면 반드시 찾아내고
찾았다면 아는 것도 찾아가서
다시 배워야 합니다

무엇보다 이미 만났다면
절대 놓치지 말아야 합니다

길이 되어 주는 사람과 함께 하는 것이
확실히 이루는 방법이며

할 수 없다고 믿는 일을 해내는 가장 빠른 방법은
이미 그걸 해낸 사람과 함께 하는 것입니다

결심력

당신의 결심력은 며칠인가요?

스스로 해야 될 것을 매일 하며
연속 며칠까지 계속하는지 해보았습니다

내가 하지 말아야 될 것 안 하기를
연속 며칠까지 안 하는지 해보았습니다

결심력은 얼마나 자주 결심하느냐라는
빈도에 있는 게 아니라
한번 결심한 것을 얼마나 오래 지키느냐라는
강도에 있음을 알게 되었습니다

해야 될 것과 하지 말아야 될 것을
한 가지 정하고 얼마나 지속하는지 해 보세요

그릇에 물이 다 차오르면
그때부터는 흘러넘치듯이
어떤 일이든 임계점이 차오르면
결과가 흘러넘치기 시작합니다

핵심은 매일, 결과가 나오기까지입니다

21일, 40일, 70일, 100일짜리 결심력을 훈련하고 갖춰 놓으면

어떤 일이든 임계점을 넘어 결과를 남기는 흑자인생이 됩니다

자신감

신이 주신 성공의 자본
자신감은
자신에 대한 감각

계속 실천해 본 사람만이
자신이 무엇을 잘하고 무엇을 못하는지
무엇을 좋아하고 기뻐하며
무엇을 두려워하고 피하는지
자신이 어느 정도의 사람이고 어떤 사람인지
자신에 대한 감각이 생긴다

가만히 있는데 생기는 자신감은 없다
나에 대한 감각이 차오르도록
내 몸으로 작은 실천부터 시작하면 된다

그렇게 실제로 부딪히고 터득하며
자신의 존재를 느껴 본 사람은
자신이 있다

바보와 천재

바 라만
보 는 바보보다는

천 번의 실천으로 없던
재 능도 만들어 내는 천재이길

꾸준하지 못한 이유

꾸준하지 못한 이유는
게을러서가 아니라
잊었기 때문이더라

첫 마음
그때의 간절한 결심을
잊고들 살아간다

잊지 않고
기억하며
첫 마음을 지켜 낸다면
꾸준함은 달게 받는 선물임을

어디로 갈까

써먹기만 하는 곳이 있는가 하면
내 능력을 기꺼이 발휘하게 하는 곳이 있습니다

머무르지 말고
성장할 수 있는 곳으로 가세요

성장했다면
내가 기꺼이 도울 수 있는 곳으로 가세요

성장할 수 있고
기꺼이 도울 수 있고
내가 행복하게 해 줄 수 있는 누군가가 있다면
그곳으로 가세요

내가 필요한 곳으로 갈 때 나 역시 행복합니다
써먹기만 하는 곳이 아니라
당신을 정말 필요로 하는 그 곳으로 갈 때
당신도 행복합니다

테이블 세팅

잘 차려입고 카메라만 들고 있어도
함께 사진을 찍고 싶다
잘 차려진 밥상을 보면
먹으라고 안 해도 수저를 들고 싶다

목적만 이루려 하기보다는
목적을 갖다 놓고 싶게 만드는 조건부터
갖추는 것이 성공비법이다

접시를 놓고 싶으면 테이블을 준비하라
자연스럽고도 순리적으로 목적을 이루는 방법이다

힘내기

덤벨을 들 때나 덤벨을 들 정도의 힘이 나오지
맨손으로 아무리 드는 시늉을 하며 힘을 써도
힘은 나오지 않았다

힘을 쓰고자 하는 마음을 가질 때
힘써 해결해야 하는 상황에 놓일 때
실제 꼭 해내야 할 일을 할 때
힘도 나옴을 알았다

힘들어 보이는 일이
오히려 힘을 낼 기회이고
개인보다는 전체를 위한 일에
더 큰 힘이 온다는 것도 알았다

가만히 있으면서 힘이 없다고들 한다
가만히 있는 것에는 힘이 생기지 않는다
힘은 철저히 행동하는 사람의 것이며
실천하는 사람만이 자신의 힘을 발견하고 사용하게 된다

그러니 어떤 상황에서도 힘내기다
너무 힘든 지금이 자신의 잠재된 힘을 발견할 기회다

못 잊어 그리워 살아야

혹시 지금 잊은 건 없는지
잊은 채 살고 있진 않은지

간절함도
꼭 해야 할 일과 목표도
소중한 사람도
잊으면 잃는다

늘 보고 있으면서도 잊는다면
붙어 있음이 무슨 소용인가

못 잊어 그리워 살아야
소중한 것들과 떨어지지 않음은

늘 기억함으로
솟아나는 애틋함

꼭꼭 기록하고
절대 잊지 말아야 하는 이유는

잊지 않는 것이
잃지 않게 해 준다

실력자

위기에서 변화를 이끌어 냈던 사람들은
모두 실력 있는 사람입니다

무엇을 잘하는 것도 실력이지만
어떤 어려움 속에서도 방향을 찾아내고
재미있고 즐겁게 해내는 것도 실력입니다

우리는 위기를 탓하는 사람보다
해결과 대안을 살아내는 인재가 필요합니다

기꺼이 답이 되어 주는 사람
어떤 날씨에도 기쁘고 행복하게 뛸 줄 아는 사람
그런 실력자가 당신이면 좋겠습니다

구상

요리에는 신선한 재료가 필요하고
건축에도 설계도가 필요하듯이
어떤 일을 하는데도 꼭 필요한 핵심재료가 있으니
바로 〈구상〉입니다

그런데 그토록 필요한
'아이디어'와 '구상'을 그 일을 할 때
즉시 다 짜내긴 힘이 듭니다

장은 미리 보는 거고
자재도 미리 구입해 둬야 공사가 되듯이
생각도 구상도 미리미리 해 둬야 됩니다

아무 때나 구할 수 없는 재료를
기회의 때를 만나 구해 놓듯이
평소에 영감이 스칠 때 딱 잡아다 기록해 놓아야
정작 그 일을 실체화시킬 수 있는 때가 왔을 때
거침없이 하게 됩니다

최고의 생각이 나타났다면 즉시 기록하여 수집하고
이전의 구상들은 기꺼이 수정하면 됩니다

물론 이전에 해둔 생각과 구상이 없는 사람은
수정할 것도 없이 고작 방금 떠올려 낸 것이
최고의 생각이겠지만요

최고의 요리사가 되려는 사람이라면
요리 전에 최고의 재료들을 찾아 준비하듯이
실행 전에 미리 최고의 구상을 찾고 찾아서
당신이 하려는 그 일을 최고의 일로 만드는 것입니다

이것이 제가 평소에 생각을 정리하고 구상해 두는 이유이며
매일 최고의 생각을 꺼내기 위해 몰두하는 이유입니다

말 자세

"내가 틀린 말 했어?"
이따금 맞닥뜨리는 말이죠

말은 맞는데, 자세가 틀렸습니다

뼈가 제자리에 붙어 있어도
자세가 틀어지면 아픈 것처럼

말은 제 말이어도 자세가 틀렸으면
상대를 아프게 합니다

맞는 말을 자꾸 틀어진 자세로 하면
관계에 디스크가 오니 꼭 고쳐야 됩니다

가끔 치아 교정기처럼
입 교정기도 있었으면 좋겠다고 합니다

입이 아니라 〈마음〉을 교정해야 됩니다

입이 삐뚤어져도 말은 바로 할 수 있지만
마음 삐뚤어진 사람 입에는 바른 말이 없으니까요

말은 당신의 〈기본〉입니다

분갈이

막상 원했던 것을 이루니
오히려 간절하지 않고
마음이 안 잡힌다는 말에

나무 분에 뿌리가 꽉 차면 분갈이를 하듯
간절함이 꽉 차면 더 큰 분으로 옮겨지는데
그때 느끼는 공간감이라고 말해 주었습니다

이루기 전과 같은 간절함으로
돌아가지 못해 아쉬울 건 없습니다

새로운 분에서 다시 뿌리를 내리듯
이뤄 낸 터전 위에서 새 목표와 뜻이 뿌리내리면
새로운 차원의 간절함과 열정을 발견할 테니까요

뿌리는 안 보이는 땅속에 있으니
새롭게 뿌리를 뻗는 동안은 더디다고 생각되고
별 차이를 못 느끼겠지만 충실히 뿌리내리고 나면
눈에 띄는 변화가 시작됩니다

내가 안을 꽉 채우고 나면
다음은 밖으로 자유롭게 뻗어 나가게 됩니다

가장 부끄러울 때

가장 부끄러울 때는

옳은 말인데 하지 못할 때

옳지 않은 말을 옳은 말처럼 할 때

옳은 말을 하고도 그 말대로 살고 있지 못할 때이다

신조

자기만의 원칙이나 철학이 있는가

잘못된 원칙은 수정하면 되지만
기준이 없으면 상황과 현실에 따라 표류하게 된다

성공한 사람들은
자기만의 확고한 원칙과
인생철학이 있다

그리고 철저히 그것을
삶으로 살아 냈다

어디에 가든 인정받고 사랑받는 인재가 되길

인재는 일뿐만 아니라
일의 결과까지 생각하는 사람입니다

인재는 일만 보는 것이 아니라
그 일을 시킨 사람까지 생각합니다

인재는 자기가 한 열심만 주장하지 않습니다
상대가 누구든 마음에 맞게 일할 줄 알고
그 일의 책임자와 소통합니다

보통 어떤 일을 맡으면
그 일 한 가지에만 빠져서 결과를 그르치고
지시한 사람의 의중도 원하는 방법과 결과도 모르고 일하니
실컷 일해 놓고 오히려 쓴소리를 듣습니다
일로 인해 생기는 결과까지 생각하지 못해서
발생된 문제들은 결국 실패로 이어집니다

일을 할 때 일만 보는 것이 아니라
내가 한 일의 결과와 일을 지시한 사람,
그 일과 연결된 모든 것을 생각해 보고 일하는 사람이
인재입니다

꼭 말해 주고 싶은 것은
이미 인재이거나 앞으로 인재가 될 사람은 있어도
인재가 아닌 사람은 없다는 것입니다

배우고 익히지 않고 하던 대로만 하니
익히지 않은 음식을 먹듯 탈이 나고 보통에 그치는 것이지
조금 더 배우고 익히면 누구나 인재가 될 수 있습니다

세상 어떤 곳에서 일하든 배우고
'인부'보다는 '인재'가 되어 보세요

쪼개서 하기

피자를 조각내서 쪼개서 먹듯
밥 한 공기도 수저로 나눠서 먹듯
큰 일도 쪼개기다

평소에 푸쉬업 1개도 안 하던 사람이
한 번에 100개씩 하려 하니 실패한다

10개씩 10세트
20개씩 5세트
쪼개서 매일 한다면 성공에 가깝다

엄두가 안 나고 커 보이는 일도
제때마다 다시 실행하고
반복하면 해낼 수 있다

하다 보면 점점 가속도가 붙고
요령을 알게 되고
시간도 단축된다

힘들게 뻔하지만
그 힘든 반복을 즐겁게 할 수 있다면
그 일에 성공한다

돈을 모으는 일도
꿈을 이루는 일도
너무 많아서 끝날까 싶은 일도
쪼개서 시작해 보자

최대 목표가 아니라 최소 목표로 쉽게 시작해서
언제나 초과달성하며 기분 좋게
작은 성공의 샘플부터 만드는 것이다

작은 성공을 해냈다면 다음은
그 번거롭고 힘이 드는 일을
얼마나 제때마다 다시 반복해 내느냐다

휘트니스랑 비슷하다
얼마나 빨리 또다시 시도하고 이뤄 내느냐다
자극 후 일정 시간이 지나기 전에 다시 자극해 줘야 근육이
나오듯이 작은 성공을 반복하다 보면 이루는 힘이 달라진다

1. 작은 성공에 성공하기
2. 그 번거롭고 힘든 일을 제때 반복하기
3. 큰 성공까지 지속하기

점진적 성공

신기하게도 우리 뇌는
급격한 변화를 생존의 위협으로 여긴다

내가 한 번에 큰 변화를 이루려고 할 때마다
뇌는 생존의 위협을 느낀다

이것은 그렇게 큰 결심을 해 놓고도
막상은 실행이 잘 안되는 이유이고

작은 변화를 지속하는 것이
오히려 큰 실천과 성공을 부르는 이유이다

점진적 성공은 뇌 속에 깊이 각인되어
한 번에 크게 무너지지 않는다

영감

새가 잠깐 앉았다 날아가듯이
영감도 날아왔다 날아간다

영감을 잡기가
날아다니는 새를 잡는 것
하늘로 떠난 영감을
다시 볼 길 없는 할마이 같으나

새소리를 틀어서 새가 날아오게 하고는
순간을 찍어 평생을 본 지혜로운 사람처럼

뇌로 순간 스친 영감도
사진찍듯 기록으로 남겨야
실체로 쓰며 누린다

영감이야 말로 차원이 다른 생각이고
고민하던 것의 답이다

뻔한 생각은 늘 뻔한 삶을 가져오지만
새로운 생각은 새로운 삶을 가져다

매일 새벽 순간의 영감을 만나 살아야
이 세상에 없던 나만의 삶을 살아간다

장단 맞추기

사람은 약한 데가 부러지고
약한 데서 문제가 생긴다
분명 장점을 보고 희망으로 시작했는데 부러지는 이유는
그로 인한 문제와 약점에 대한 보완 없이
장점만 보았기 때문이다

사람을 대할 때도 장점만 보고 대하면
결국 실망하게 되는 순간이 온다
잘못하는 것에 대한 개선 없이
잘하려고만 하는 모순이 반복되면 관계도 깨지기 마련이다

일도 인간관계도 잘 하려면
장점과 단점 양쪽 모두를 잘 알고 시작해야 된다

문제는 장점과 단점 또는 장점이라고 알고 있는 단점과
단점이라고 알고 있는 장점을 어떻게 발견해서 쓰느냐다

내가 어떤 치부를 말했을 때
그걸 이용하거나 공격하는 사람보다는
방어해 주고 지켜 주는 사람과 함께하고 싶듯이
당신이 상대의 치명적인 단점까지 알고 커버할 수만 있다면
어떤 누구든 그 사람과 함께 할 수 있다

당신은 누구든 함께 일하고 싶어 하는 사람인가?
아니면 이 일만 끝나면 두 번 다시 보고 싶지 않은 사람인가?

자석이 어느 극을 갖다 대느냐에 따라 끌려오는 극이 다르듯이
내가 대하기에 따라 상대의 장점과 일하게 되느냐
단점과 일하게 되느냐가 좌우된다

어떤 사람이든 장점은 기회를 줘서 살려 주고
단점은 보완해 줄 수 있다면 상대를 성장시키고
일도 성공적으로 처리할 수 있다

장점만 있는 일도 없고
단점만 있는 일도 없다
다만, 단점을 방어하고 장점으로 공격해
그 일을 승리로 이끄는 사람이 있다

장점만 가진 사람도 없을뿐더러
단점만 가진 사람도 없다
다만, 자신과 상대가 가진 장단점으로 서로를 채워서
성공으로 이끄는 사람이 있다

장점을 보는 눈과 단점을 보는 눈,
이 두 개의 눈을 가지고 항상 양단을 잘 보고 대할 때
상대와 함께 장단을 맞출 수 있고
신나게 일할 수 있다

세트화

우리 뇌는 신기하게도
〈세트화〉를 시키면 하나의 정보로 받아들입니다

휴대폰번호는 11개의 숫자로 되어 있지만
3개의 덩어리로 끊어서 전해 주면
뇌는 11개가 아닌 3개의 정보로 처리합니다

〈세트화〉는 뇌의 부담을 줄이고
일의 처리속도를 빠르게 해줍니다

패스트푸드점에서 하나씩 따로 주문해서 먹는 것보다
한 번에 세트로 시켜 먹는 게 더 신속하고 경제적인 것처럼
어떤 복잡해 보이는 일도 〈세트화〉를 잘하면
해내기가 훨씬 수월해집니다

조직운영도 마찬가지로
인재들을 잘 묶어 내고 적재적소에 배치하면
조직력과 일의 처리속도가 몰라보게 달라집니다

개인도 〈세트화〉를 통해서
평소보다 5배나 많은 일을 그날 하루에 해내고
다음 날은 오늘보다 배의 성과를 낼 수 있습니다

늘 하던 대로만 하면
늘 나오던 결과뿐입니다
하지만 새로운 생각을 실천한다면
전에 없던 새로운 일들의 연속입니다

일 잘하는 사람

축구를 잘하는 사람은
그 다음 위치와 빈 공간이 보입니다

그림을 잘 그리는 사람은 다음 붓 갈 곳이 보입니다

일을 잘하는 사람은 그 다음 일이 보입니다

공부를 잘하는 사람은 그 다음 공부할 것이 보이고
잘 먹는 사람은 지금 먹으면서 다음 먹을 것이 보입니다

잘하는 사람은 '그 다음'이 보이는 사람입니다
앞으로에 대한 구상이 있는 사람이죠
현재와 그 다음까지 아는 사람입니다

어떤 분야든지 다음을 어떻게 해야 할지가 보인다면
당신은 그 분야에 재능이 있는 사람입니다

지금 하고 있는 일을 잘하고 싶다면
항상 눈앞에 있는 일뿐만 아니라 그 다음까지 생각하세요

군더더기 없이 시작부터 끝까지 어떻게 풀어 나갈지가 보이고
그대로 몸이 움직이고 있다면 "잘한다"라는 말을
듣고 있을 것입니다

지금 어떤 일을 하고 있나요?
그 일을 한 다음은요?

다음이 없다면 정체입니다
다음이 있다면 추진입니다

자 그럼, 다음

진짜 지식

지식은
다른 이가 던져 주는 지식이 있고
스스로 배우고 체득하는 지식이 있다

던져 주는 지식만으로 자신을 채우는 사람은
자기 체질과 안 맞아서 삶에서는 체할 수도 있다

들은 것만 가지고 전하고
듣기만 한 것으로 안다고 착각하는 경우가 얼마나 많은가

다른 이보다 더 많이 알아 보이는 그것이
때로는 뛰어나 보인다 해도
알고 있는 것과 현실이 다를 때는
얼마나 부끄럽고 실속 없는가

모르는 사람은 아는 사람의 종이 된다
책을 두 권 읽은 사람이 한 권 읽는 사람을 다스린다 라며
지식사회에서는 더 많이 알 것을 강조하지만

경계할 것이 있다면
지식 탐독에만 빠져서 확인과 실천 없이 머리만 채우는 것과
한 지식에만 꽂혀서 다른 것은 보지 못하는 것이다

지식은 흔히 머릿속에 있는 줄 알지만
겪어 본 바 참지식은 삶 속에 있다

탁상공론이 아닌
현장에서 땀 흘리며 살아 본 분들에게
값진 지식이 있었다

아는 것이 힘이 아니라
하는 것이 힘이다

하는 것이 결국 아는 것이다
아는 사람은 행동하기 때문이다

진짜 지식으로 나를 채울 때
알기 때문에 행동하게 되고
행동함으로 오는 자유를 만끽할 수 있다

의논

일을 추진함에 있어서
정말 힘이 되는 일은
의논할 상대가 있다는 것입니다

서로 확인하고 발전하며
최고의 일로 만들어 가는 과정이
의논이니까요

의논이 없다면 경영도 없습니다
그만큼 같은 목적을 가지고 나아가는 사람들과
의논하는 시간은 필수입니다

하지만 아무리 의논이 좋아도
현실은 너무 긴 회의시간과 촉박한 일들을 핑계로
의논 없이 일을 추진하며
상대를 급히 설득하는 경우가 많습니다

간섭과 반대를 피하기 위해서
의논하지 않고 그냥 진행해 버리는 경우도 많습니다

당장은 편할지 몰라도 더 이상적인 방법은 묻혀 버리고
결국은 소통 못한 쪽과 문제가 생깁니다

일을 '처리해 버리는 것'과 '해결하는 것'은 다릅니다
목적만 같다면 의논은 매우 위력 있는 무기입니다
이런 의논이 번거로운 절차가 안되게 하려면
효율적인 의사소통에 대한 연구는 필수입니다

의논을 통해 마인드가 공유되고 답이 나오면
사람들의 움직임 자체가 달라지고
목적을 이루는 힘은 더욱 강해집니다

설득보다 강한 것이 의논입니다
먼저 의논하면 혼자 바삐 뛰지 않아도
일이 알아서 돌아가기 시작합니다

실수와 실패의 차이

실수는 두 번 안 하면 되는 것
실패는 실수의 반복

실수를 보완하는 사람은
〈최고〉의 경지에 오르게 되고

실수를 반복하는 사람은
결국 〈실패〉하게 된다

실수는 누구나 할 수 있지만
똑같은 실수를 두고도 그냥 사느냐
스스로 돌아보고 고치느냐에 따라서
인생은 성공과 실패로 좌우된다

만남과 선택

만나지 않고는 제대로 알 수 없고
선택하지 않고 지금을 사는 사람은 없습니다

좋은 만남과 좋은 선택은
더 나은 나를 만들어 주고

내가 만나는 사람들이
내게 길이 되어줍니다

누구를 만나 어떤 선택을 하느냐에 따라 그곳에 내가 있고
누구나 만남과 선택을 따라 현재의 위치에 서 있습니다

좋은 사람은 시간과 비용을 들이더라도
찾아가서 만나 봐야 합니다

좋은 만남을 선택할 수 있을 때
더 나은 '나'도 만나볼 수 있으니까요

더 좋은 내가 될수록
좋은 만남과 선택의 기회는 더욱 커져갑니다

지금이 과거의 만남과 선택들로 인한 결과이듯이
지금의 만남과 선택이 미래의 나를 결정합니다

원하는 일을 하세요

그토록 바라는
그 일을 하세요

원하는 일을 해야
원하던 것이 되어 있습니다

우리는 때때로 바라기만 할 뿐
가지고 있는 시간, 경제, 정신, 생각 등의 에너지를
정작 다른 곳에 소모하는 경우가 많습니다

집중이나 몰입에 대한 이야기인가 싶겠지만
굳이 힘을 써서 집중하려 하지 않아도
힘들든 편안하든 내가 하고 싶은 그것에
내가 가진 그것들을 오롯이 쏟으면 이뤄집니다

내가 바라는 일을 바라만 보다가 끝나지 말고
내가 나를 어디에 투자하고 있는지 꼭 체크하세요

바라는 일과 행동하는 일을 일체시킬 때
결국 바라던 것이 이뤄집니다

바라고 원하는 일을 하세요
다른 일들 보다 먼저요

목적을 일찍 이루는 법

일찍 출발하면
일찍 도착하는 건
어쩌면 당연한 일

그러니 목적을 일찍 이루고 싶다면
새벽을 깨우는 것 역시 당연한 일

시작을 놓치지 않는 것
그리고 끝까지 하는 것

이 두 가지로 목적을 일찍 이루게 된다

목적을 이룬 삶

다 때가 있고 한정된 시간을 살다 보니
어서 목표를 이뤄야 되기도 하지만

목적을 일찍 이뤄야 하는 이유는
목적을 이루고 난 후의 삶이 있기 때문입니다

너무 늦게 이루면
이뤄 낸 목적과 함께 누릴 시간이 적어요
목적은 이뤄놓고 누리지는 못한 채 끝난다면
그것이 정말 안타깝습니다

목적이 '이끄는' 삶
그리고 목적을 '이뤄 가는' 삶보다 좋은 삶은
목적을 '이룬' 삶입니다

부지런히 목적을 이뤘다면
어서 목적을 이룬 삶을 사는 것이 〈목적〉입니다

자기

12세기 고려 자기는 12억 원이다
조선 자기인 백자대호는 31억이다

작품 도자기는 값이 어마어마하지만
깨지고 갈라진 도자기는
죽 한 그릇도 담을 수 없다

자기를 구워 내듯
자기도 만들 때 한 번에 잘 만들어야 된다
이 자기도 저 자기도 만드는 대로 값이다

현장 중심

현장으로 달려갔습니다
미리 현장에 가서 확인해야지만
'할 일'과 '안 할 일'을 알 수 있기 때문입니다

열 일을 제치고 가서 할 일을 빨리 시작해야 하는 이유는
그래야 할 일인지 안 할 일인지 빨리 판단할 수 있기 때문입니다

쓸데없는 일을 안 하려면 반드시 현장으로 가서 뛰어 봐야 됩니다
미리 현장을 뛰어 본 사람이 감각이 제일 좋을 수밖에 없습니다
하루 1번 볼을 찰 본 사람과 100번씩 패스와 슛을 한 사람의
감각이 같을 수는 없습니다

특히 리더라면 자기가 가보지도 않은 길로 이끄는 것이 아니라
산을 다시 넘는 수고가 있더라도 마다하지 않고
먼저 확실한 길을 찾고 그리로 인도해줘야 됩니다

나를 따르라고 하기도 전에 따르고 싶어지는 사람들은
따를 사람들을 위해서 현장에서 겪고 또 겪으며
먼저 실천으로 준비한 사람들입니다

자신 있게 이끄는게 리더쉽이 아니고
먼저 해 본 것이 리더쉽이 되고
현장에서 미리 준비한 것이 자신감이 되어줍니다

현장 감각이 있는 사람이 되세요
그리고 현장의 전문가들과 함께 일하세요
감각적으로 전문적으로 모두가 기쁘게 리드하는 방법은
현장 중심입니다

현장을 가까이하세요
현장에는 답이 있습니다

숲속으로

리더가 되겠다고 결심하는 순간
리더로서 행동하는 나를 발견할 수 있습니다

반타의적으로 리더가 되었어도
역할에 따라 움직이며 리더가 되어갑니다

위치가 사람을 만든다고
자신을 그 역할로서 필요로 하는 사람들을 접하다 보면
필요성을 강하게 자각하고 그들을 위해 살아가게 됩니다

아이의 울음소리는 어머니를 움직이듯이
모두의 필요를 들을 줄 아는 사람은
리더가 되어 움직이기 시작합니다

사람 때문에 힘들어하고
사람 때문에 상처받는 우리이지만
그래도 사람 때문에 자신의 한계를 넘을 수 있습니다

아무리 사람이 힘들어도 홀로 있기보다
자신을 만들 수 있는 곳에 자신을 담아야 합니다

전체를 위해 노력한 사람은
상대가 발판이 되어 주니
자기만을 발판으로 삼은 사람보다
훨씬 큰 발전 가능성과 도약력을 가집니다

집 앞에 화단보다 숲이라야 큰 나무가 있고
사람 속에 살아 봐야 큰 사람이 됩니다
기꺼이 숲속으로 들어가
자신만의 특별함과 강점을 깨닫고
숲의 거목이 되어 보세요

희생

헌신적인 분들을 만날 때면
꼭 밥이라도 사드리고 싶다

이날도 부탁이 있다며 불러내셨지만
뻔히 밥 한 끼라도 먹여 보내시려고
굳이 차를 태워 나오신 게 분명했다

베풀고 다니느라 바쁜 분이고
받는 것보다 주는 게 편하신 분이라
밥 사드리는 것도 쉽지 않지만
정중히 말씀드려서 겨우 한 번 석갈비를 대접해 드렸다

요즘같이 자기 이권 차리기에 바쁘고
조금이라도 자신에게 손해를 끼친다 싶으면 돌변하는 사회에
서로 뭔가 더 해 주고 싶어 하는 관계는 보물이 아닐 수 없다

서로 마음 놓고 편안히 나눌 수 있는 관계가
진짜 좋은 관계임에 틀림없다

결국 후식으로 쏘신 차 한잔 얻어먹으면서
마음속에 진하게 남는 깨달음이 있었으니
우리가 나눈 건 단순한 식사라기보다는
서로의 수고를 알아주는 마음,
존중이라는 단어로 표현될 따스함이었다

현대인들이 꼭 알았으면 좋겠다
조금도 희생하며 살지 않는 것이
사실은 자신을 가장 희생시키는 일이라는 것을

희생할 수 있는 마음이
존중의 꽃을 피워
향기 나는 인생이 되게 한다는 것을

사람 만들기

눈이 올 때
눈을 뭉쳐서 쌓아 올리고
사람같이 만들어야 눈사람 모양이 완성되듯이

만들 기회가 올 때
경험을 뭉쳐서 쌓아 올리고
사람답게 만들어야 인생도 모양이 나옵니다

눈을 뭉치기 전에는
다 녹아 없어질 때까지
개성의 모양이 하나도 없지만
조금만 뭉쳐도 다양한 모양들을 만들 수 있습니다

산재된 경험은 누구나 있습니다
그것을 그냥 두지 말고 뭉쳐서 인생 재료로 삼고
개성대로 자신을 만들어 보세요

셀프브랜딩은 살아가면서 실천하고 겪은 것들을
그냥 경험으로만 지나쳐 보내는 것이 아니라
그 경험들을 하나의 의미와 메세지로 뭉쳐서
형상화 해낼 때 완성됩니다

새삼스럽게

부자가 되기로 결심해 봤습니다
그리고 나니 무엇의 부자가 될 것인가라는 질문이 돌아왔습니다
나의 부는 무엇인가
돈이 풍부하면 행복한가

이 질문의 답을 확인하는 일은 너무 쉬웠습니다
돌아보니 돈이 많다고 무조건 행복한 것은 절대 아니었습니다

반대로 불행하지 않기 위해 돈을 버는 사람은 너무 많았습니다
특히 가난과 병듦, 비난과 아픔으로부터 자신을 보장하고자
돈을 답으로 여기는 사람들이 많았습니다

그러나 불행해지지 않으려 한다고 행복해지는 것은 아닙니다
실제 살아가는 데는 돈보다 생각과 행실이 풍부한 것이
훨씬 행복했습니다

결국 생각과 실천의 부자가 되어
만들어진 자신으로 살아가는 것이
제가 얻은 행복의 답이었습니다

언품

내가 아는 것을 바탕으로만 말하는 사람과
상대가 아는 것을 바탕으로 말하는 사람은 다릅니다

내가 아는 것을 먼저 말하는 사람과
상대가 아는 것을 먼저 공감하는 사람 역시 다르구요

상대로부터 시작하는 것이 훨씬 좋은 전달력을 가집니다
심지어 말하지 않고 듣는 입장일 때도 전달력을 가지니까요

서로 존중하고 있다는 바탕 위에 오고 가는 대화는
캔버스 위에 잘 그려진 작품과 같습니다

답답하다고 배려 없이 하고 싶은 말을 쏟아 버리면
그림 위에 물감을 쏟아 버린 것 같이 작품도 망치고
더 이상 그릴 수도 없으니 조심해야 합니다

글씨가 꽉 차있는 신문지보다
하얗게 비어 있는 캔버스에 그림 그리기가 더 좋듯이
말할 때도 말의 바탕이 좋아야 됩니다

말 때문에 말도 못하게 아팠다면
생각과 마음을 새롭게 하고
서운한 것도 미운 것도 싹 비우고
깨끗한 흰 바탕 위에서 다시 시작해 보세요

한 번에 잘 그릴 수는 없겠지만 서로 좋은 바탕이 되어 주도록
자기를 좀 더 비우고 상대의 입장으로 대화한다면
굳이 고상한 말을 쓰지 않아도 언품이 갖춰진 대화가 될 거예요

인성

인성은 천박한데 직위가 높으면 추하고
인성은 훌륭한데 직위가 낮으면 높이 추천하고 싶다

캔버스조차 모르는 사람에게
붓을 쥐어 주니 이리저리 물감만 튀고 낙서만 가득하다

오히려 그릴 줄 아는 사람에게는 붓을 뺏길까봐 기회를 안 준다

좋은 인생 바탕을 가진 사람이 멋진 작품을 그리는 법인데
바탕 없이 붓부터 집어 든 형국이다

갤러리들은 작품을 기대하며 찾아오는데
온통 낙서뿐이면 실망하며 돌아가지 않겠는가

본래 미를 추구해야 할 사람들이
내가 그리면 아름답다라고 하니 도치 아닌 자아도취다

훌륭한 분들 앞에 이런 시선은 오간 데 없지만
이 나라에 부디 품행이 갖춰진 지도자가 많아지길 기도한다

청춘이여,
인성이 실력이다

질문형 인재

대답을 잘하는 사람은 똑똑하다

그러나
결국 질문을 잘하는 사람이 더 똑똑하다

질문하는 사람은 더 배우고 얻기 때문이고
대답을 잘하는 사람 역시 답을 얻기 위해
먼저는 수도 없이 질문한 사람이었기 때문이다

핵을 찌르는 질문과 의문은
생각의 눈을 뜨게 해 주고
당신을 답에게로 데려다준다

돈과 자유

돈이 자유를 가져다줄 것 같지만
자유의 절대조건이 돈이라고 여기는 순간
아이러니하게도 돈에 매이게 됩니다

자유롭게 먹고, 자유롭게 쇼핑하고,
내 문제들을 자유롭게 해결할 유일한 방법이 '돈'이 되어 버리면
돈을 얻는 데 내 인생 시간의 대부분을 투자하게 됩니다

남는 건 겨우 출퇴근 시 생기는 혼자만의 시간이고,
그 외 인생의 시간을 다 갖다 줘야
겨우 원하는 만큼의 돈을 줍니다

돈보다는 '배움'이 자신을 가장 자유롭게 만드는 과정입니다
배울수록 시간이 생기고 자유롭습니다

무지로부터의 자유와 자기 자신이 컨트롤 되는 자유,
다스림을 받지 않고 다스리는 자유가 찾아옵니다

수영선수는 물속에서 그렇게 자유로워 보이고,
빙판 위에 김연아 선수가 그렇게 자유로워 보였던 것처럼
배우고 만든 사람은 자신이 만든 악습에 제어 당하지 않고
환경조차 다스립니다

올림픽 선수나 예술적 댄서같이
머리끝부터 발끝까지
온몸을 감각적으로 통제하는 경지에 오르면
박자와 그루브를 타며 자유로움을 느끼게 되듯이
배우고 익혀서 경지에 오른 인생도 그루브를 타며
인생 사는 자유를 느끼게 됩니다

내 손발이 제멋대로 움직인다면 자유가 아니라 공포가 되겠죠
통제와 자유는 언뜻 상반되는 단어 같지만 한 동네에서 삽니다
스스로 통제된다는 것은 자유롭게 움직여진다는 말과 같습니다

운전대가 없이 자기 멋대로 가는 차가 자유로운 게 아니라
자신이 운전한 대로 움직일 때 자유로운 운전이 가능하듯이
'통제를 통한 자유'가 진짜 자유입니다

잘 보면 자기통제가 되는 사람이 진정한 자유를 느낍니다
신체부터 생각, 생활까지 생각하고 말한 대로 행동하는
언행일치의 단계로 갈 수 있다면
우리는 진정한 자유를 만나게 될 것입니다

자유로운 사람

자유롭고 싶다
그것은 누구나 원하지만

물건도 다 만들어져 나와야
이상 없이 자유롭게 쓰듯이

인생도 결국 제대로 만들고 써야
자유롭다

자신을 리콜 없이 후회도 없이
자유롭게 쓰려면 먼저 〈자기 만들기〉다

자유로운 사람은
만들어진 사람이다

버리기

어떤 목적을 이루기 위해서는
삶을 단순화시키는 과정이 필요합니다

하던 행동을 모두 가지고
새로운 목적을 향해 떠날 수는 없으니까요

꼭
쉽게 버리려면

무엇을 버릴까가 아니라
무엇을 남길까를 생각하세요

나머지는 다 버리면 됩니다

생각 훈련

실패보다 더 위험한 것은
'실패했지만 그 방법 밖에는 없다.'
'어쩔 수 없었다.'
'내가 할 수 있는 건 다 해 봤어.'라고
생각이 고정되는 것입니다

생각이 고정되어 버리면
같은 실수를 저지르고, 실패를 반복하게 되기 때문이죠

한 가지만 생각하면 맞는 논리인 거 같아도
자기 합리화에 갇혀 버리면
나라는 사람에게서 더 이상 다른 행동이 나가지를 않습니다
스스로 계속 같은 문제 속에서 맴도는 느낌을
떨칠 수 없을 겁니다

컵도 옆면에서만 바라보고
"어디 하나 들어갈 구멍이 없다."
"여기로 어떻게 물이 들어가냐!"
라고 한다면 맞는 말입니다

아래에서 본다고 해도
뭐 하나 들어갈 구멍은 보이지 않는 것은 마찬가지입니다
아무것도 담을 수 없고 기대도 안 하겠죠

하지만 위에서 본다면 담을 수 있어요
물이든 주스든 커피든 뭐든 들어가겠죠

이와 같이 자신의 문제를 '입체적'으로 봐야 답을 찾게 됩니다
생각이 고정되는 것은 입체적인 시야를 완전히 가립니다
단편적으로 '자기입장'이라는 한 가지만 생각하게 만들어요

단편적인 사고는 단편적인 결과만을 예측하며
이럴 것이다 단정 짓게 하고 더 찾아보거나 하고자 하는
실천 의지는 사라지게 만들어 버립니다

생각의 태도에 따라서 해답과 해결은 여러 곳에서 옵니다
전혀 예상치 못한 곳에서 답을 만나기도 하죠

그러니 한 가지만 생각하면 안 됩니다
자신을 생각했으면 상대도 생각하고
상대를 생각했으면 자신도 생각해야 됩니다
연결된 것들을 보며 전체를 헤아릴 줄 알 때
문제에 대한 새로운 시야도 삶의 새로운 시도도 생길 거예요
입체적인 생각의 태도로 인해 많은 오해들이 사라집니다

오해는 미움이고, 이해는 사랑입니다
생각하기 따라서 좀 더 많은 것들이 이해되고
더 많이 사랑할 수 있습니다
이미 너무나 사랑받고 있었다는 것도 깨닫게 되죠

생각훈련은 갇힌 생각에 벗어나 답을 만나게 해 주고
더 사랑하며 살 수 있게 해 줍니다

힘든 날

사람은 힘들 때 본성이 나온다
그래서 힘들 때 그 사람을 알아본다

자신이 진짜 고쳐지고 만들어졌는지는
힘들 때 보면 안다

그래서인지 가장 극적으로 힘들 때
자신이 만들어지기도 하고
반대로 자신에게 가장 실망하기도 한다

힘든 날은 자신을 돌아보기에 가장 좋은 날이다

분별

분명한 생각이
별같이 빛났다

분하고 원통하지 않으려면
별것도 아닌 것에 인생 걸지 말아라

분위기 따라가지 말고 자기 위치에서
별처럼 반짝여라

분별 분별 또 분별이다

방향

신은 때로 답을 주지 않고
방향을 준다

그 방향대로 가면
답을 만나기 때문에

사람들은 주로 답을 구하지만
그 길로 가야지만 깨닫게 되는 답도 있다

답을 얻지 못했다면
방향을 구하라

독립수

작품나무 한 그루
〈독립수〉라 좋다
그래서 개인도 나라도 그렇게 독립하려고 하는가

나무든 사람이든 간섭이 많으면
좋은 수형을 갖긴 어렵건만

때로 우리는 너무 많은 눈치와 간섭 속에서
자신의 좋은 수형을 잃어간다

너무 상대를 의식하면
삶을 제대로 살아나가기 어렵다

스스로 곧게 서서 간섭과 방해 없이
자유롭게 뻗어 나갈 필요가 있다

'독립적인 삶'이
최고로 성장할 수 있는 위치를 차지한 것이며
가지가 동서남북으로 뻗은 수형 좋은
잘 갖춘 나무와 같은 삶이다

자신의 확실한 목적과 정체성에 뿌리를 내리고
다방면으로 그것을 실천하고 뻗어 나가다 보면

어느새 독립수와 같이
스스로 서 있는 자신을 보게 될 것이다

쓸데 있는 고민

먹고 자고 입는 것에 대한
걱정이 사라지면 어떤 것을 고민하고 싶은가

그런 고민이 있어야
진짜 하고 싶은 일도 찾게 되고
먹고 자고 입는 것도 따라온다

고민 없이는 답도 없다
고민은 결국 답을 찾아가기에
제대로 된 고민은 답으로 가는 좋은 이정표가 되어 준다

일이 안 풀리고 해도 안 될 때는
내가 안 되는 사람이 아니라
아직 되는 방법을 못 찾은 것일 뿐이다

고개를 들어 하늘을 보고 방법을 달리하라
가장 좋은 생각으로 다시 시작하는 것이다

부딪히지 않으면 발견할 수 없고
만나야 비로소 보이는 것들이 있다

뻔한 고민들보다 쓸데 있는 고민을 하자
현실과 부딪혀 보며 그보다 더한 고민도 해 보고
고민을 성장시켜 보자

쓸데 없는 고민은 땅을 파고 들어가 좌절하게 하지만
쓸데 있는 고민은 스스로를 답이 되어 움직이게 만든다

실행의 이유

나무가 가만히 있지 않고
물을 빨아들이고 햇살에 양분을 더해
어느새 자라 열매를 맺듯이

실행한다고
꼭 성공하는 것은 아니지만
실행하면 성장한다

고개 들고 어깨 펴기

태어나서 하늘을 보기 전에는
이런 하늘이 있는지 알았을 리 만무하다

답을 찾기 전에는
답이 있다는 것을 알았을 리 만무하다

아장아장 기어 다닐 때는 보이는 게 바닥이겠지만
걸음마만 시작해도 보이는 것들은 전과 같지 않다

뻔한 시야로 보던 것만 보지 말고
차원 높여 올려다본다면
금방 자신의 하늘을 발견할 것이다

4부

사랑해

내 인생에 가장 빛나는 순간은

그대를 비추는
달이 되길 바라지만

결국 해 같은 당신의 빛으로
빛나게 되는 나라는 걸
지금 떠오른 저 달이 말해 준다

당신 없인 조금도 빛날 수 없는 나라서
당신과 함께인 지금이 나에겐
가장 빛나는 순간이다

별 헤는 밤

별 헤는 밤
새벽하늘을 바라보며
반짝이는 다짐을 해요

당신뿐인 거죠
나의 인생은 오직

달이 뜬 밤
그대 얼굴을 그려 보는
저 하늘로 날아가고픈 마음뿐이에요
님은 아시려나요

스쳐 가는 바람 소리와
흔들리는 나뭇가지
당신 모습처럼 아른거릴 때

흐르는 별빛 강물에 내 마음 고이 띄워
내 사랑 꼭꼭 눌러 담아 당신에게 보내요

당신이 계신 곳에 흐르는 별빛
그 안에 내 마음도 흐르겠죠

하얀 별빛 그대 눈동자에 닿으면
내 마음도 닿은 거죠
알아주세요 당신을 위한 사랑을

길고 긴 밤은
그저 빛나는 당신에게
닿아가는 아주 특별한 시간일 뿐이에요
그대 내게 오세요

아침 해가 떠요
찬란히 빛나네요
그대 사랑은 더 빛나네요

나의 사랑
나의 태양

그리움

파아란 하늘
바라보는 것은 나인지
하늘이 나를 바라보는 것인지
두 눈에 마주쳐 온다

파랗게 물든 하늘도 눈동자도
서로를 담아 푸르기만 하고
커다랗게 부푼 그대 생각을 채우기에
충분하기만 하다

뿌리 내리는 것은 나무일 것인데
내 마음은 나무랄 것 없이
하늘에 뿌리를 내렸고
당신이라는 열매를 고대한다

줄기를 따라 뻗어 나간 것은
가지인지 생각인지
다른 생각은 오간 데 없이
바람에 흩날리는 그대 생각에
푸른 녹음이 짙었다

하얗게 부서지는 것이
햇빛인지 파도인지
하얀 빛이 파도에 부서진다

눈부시게 다가오는 건
파도인지 당신인지
닿을락 말락한 포말에
그리움이 스며든다

스르륵 쏴아아
바다가 나를 불렀다
나는 당신을 불렀다

사랑의 위치

경복궁에 들어서니
왕의 자리 앞에 정구품 각 관료들의 자리가
솟은 돌들로 표시되어 있었습니다

왕 앞에 서는 신하들은
관직에 따라 거리가 정해져 있었고

가장 가까이서 왕을 볼 수 있는 건
정일품의 신하였습니다

잠깐을 생각해 보니
실상 왕을 가장 가까이서 볼 수 있는 건 왕비였습니다

결국
사랑이 가장 큰 벼슬이구나
깨닫게 됩니다

사랑이라는 최고의 위치는
어떤 관직이나 벼슬보다 높습니다

평생이 담긴 말

명언 하나를 제대로 실천하려 해도
평생이 걸립니다

진정한 명언은
그 사람의 평생이 담긴 말들이니까요

내 삶이 말이 되어서
당신의 귓가에 남아지도록

한 단어를 쓰는 데 몇 년이 걸리고
한 문장을 쓰는 데 몇십 년이 걸릴지 모르겠지만

한평생 몸의 언어로
크게 써 놓고 가고 싶습니다

사랑합니다

갑판 위에서

달빛이 내린다

검은 밤바다 고요한
표면으로 떠가는 달빛은
밤의 수면 위로 번지고

박동하는 파도를 따라
출렁이며 나에게로 흘러온다

달에 걸어 둔 마음은 깊어
깊이를 알 수 없는 바다로 향하고
수면할 수 없는 그리움은
저 달까지 차올라 번져 간다

경이로움 가득 찬 밤공기를
한숨 들이키고
불어오는 바람인지
여객선의 진행인지 모를 시원함에
어지러이 뿌려 둔 생각을 쓸어내린다

아, 밤바다
파도가 그 자취를 남겨 놓았을 리 만무하나
달밤의 바닷길을 따라
그곳으로 향하는 내 마음은
님 만난 듯 하구나

오해 말고 오래

오해하니 보고 싶지 않습니다
오랫동안 안 보니 잊혀집니다

오래 볼수록
서로 가까워질수록
깊어지는 게 우리 마음인가 봅니다

오래 보아야 사랑스럽다는 말도 있지만
사랑하니 오래 보고 싶습니다

오랫동안 사랑하는 법

1. 늘 소통한다
2. 함께 시간을 쓴다
3. 필요로 하고 원하는 일을 한다
4. 싫어하는 행동을 하지 않는다
5. 말과 표현을 잘 한다
6. 지난 사연들을 잊지 않고 나눈다
7. 절대 믿어 준다
8. 항상 새롭게 변화하되 변질되지 않는다
9. 실력을 키운다
10. 말을 잘 듣는다
11. 수직적으로도 수평적으로도 사랑한다
12. 사랑하는 사람이 사랑하는 것까지 사랑한다

내 사랑

받기 위해 하는 사랑은
'왜 안 줘'로 끝나기 마련입니다

내가 원하는 말
내가 원하는 행동
내가 원하는 물건들
내가 원하는 사랑을 왜 안주냐는 식의 사랑과
꼭 그걸 그 사람이 줘야 되는 사랑
그건 사랑이 아니라고 말하고 싶습니다

무엇이 사랑이라고 생각하나요?
자신이 내린 사랑의 정의에 따라
사랑이란 이름으로 구속당하기도 하고
자유롭게 사랑을 주고받기도 합니다

무엇보다 사랑은
누군가가 해 주는 것이 아니라 내가 하는 것입니다

받을 사랑만을 바라는 것이 아니라
내가 해야 될 사랑을 찾아서 내가 하는 것입니다
그래야 '내 사랑'입니다

알았습니다

날씨가 좋아서
봄인 줄 알았습니다

당신이 좋아서
사랑인 줄 알았습니다

받는 것은 기쁘지만
주는 것은 행복합니다
좋아하기 때문입니다

이제는 내 인생
당신뿐임을 알았습니다

전부 사랑

그냥 보는 사람은 꽃이 예쁘다 하고 지나가지만
관리하는 사람은 꽃도 보고, 잎도 보고, 나무도 보고,
물이라도 주고 잘 자라라고 한마디라도 해 준다

얼굴만 보는 사랑
재력만 보는 사랑
자기에게 좋은 어느 한 가지만 보는 사랑은 그렇고 그렇다

정말 사랑하는 사람은 전부를 봐준다

꽃이 피어 있을 때

꽃이 언제 피고 지는지는
지켜본 사람만 압니다

낮이 피고 밤이 지는 것도
밤이 지고 낮이 피는 것도

너와 내가 피고 지는 것도
본 사람만 압니다

지기 전에 꼭 봐야 할 것이 있다면
해, 달, 꽃 그리고 사랑하는 사람들

바쁘다는 핑계보다
빨리 피고 지는 하루가 가기 전에
지켜봐 주고 싶습니다

당신이 피어 있을 때
보고 싶습니다

가난

사랑하며 살지 않는 삶이
가난하게 사는 삶이다

다 얻은 듯 살아도 실상은 비었고
사랑 없이는 헛일이라
가졌음에도 누릴 것을 못 누린다

자기 하나 누리기 위한 풍요는
전체를 위한 빈곤만 못하다

없는 것이 가난이라면
가장 최고의 가난은 사랑없음이다

줄 것을 찾으니 오히려 얻게 되고
함께 쓸 것을 구하면 크게 받는다

사랑하며 사는 삶이야말로
크게 얻고 넉넉하며
풍부하게 사는 삶이다

5부

청춘의 시간, 지금

시간 관리

스케줄표
다이어리

많고 많은
어플들이 있지만

진짜 시간 관리는
내가 내 시간의
주인이 되는 것

관리는 어느 누구도 아닌
주인이 하는 거니까

꼼꼼히 계획된 타의적인 시간은
껍데기일 뿐

주체적인 시간으로
채워지는 진짜 인생들

Time ≪ Timing

시간은 때를 위해 쓰는 것입니다

우리는 시간을 쓸 때
어떤 목적한 때를 위해 시간을 씁니다

그러니 때를 모르는 사람은
아무리 많은 시간을 가지고 있어도 소용이 없습니다

고등학교 3년을 준비했어도
수능 날 안 가면 3년의 시간이 무색하고

비행기를 티켓팅 해 놓고
탑승시간에 늦어서 못 타면
모든 여행 일정이 꼬이듯이

때가 목적이고
때가 기회이고
때가 핵심입니다

〈시간〉보다 중요한 건 〈때〉입니다
때를 알고 배우고 쓸 줄 알아야
시간관리에 실패하지 않습니다

수많은 자기계발서와 시간 관리에 대한 강의들이 난무할 때
나의 멘토께서는 '때'에 대해 가르쳐 주셨습니다

시간 관리도 중요하지만 〈때〉 관리입니다
시간을 한참 잡아다 쓰고도 실패한 사람이 많지만
제때를 잡은 사람들은 모두 성공했습니다

때를 잡으니
그동안의 시간이 전혀 아깝지 않습니다

타임보다 타이밍입니다
때를 알고 때를 잡는 것이
최고의 시간 관리입니다

도약

나무도 사람도 시간을 먹고 자랍니다
잠깐 잘해 준다고 나무가 갑자기 크지 않듯이
큰 사람도 수많은 시간과 과정 속에서 탄생합니다

순간 바로 결과가 나오지 않을 때
실망 대신 숲의 지혜를 배우기 바랍니다

위대한 일에는 그만큼의 시간이 들어가기 마련이고
큰일에 큰 시간이 들어가는 건 당연한 이치입니다

사람이 작품같이 만들어지고 성장한다는 것은
생각보다 위대한 일입니다

그러니 자신의 성장을 꿈꾸거나
누군가의 성장을 도울 때는
조급해 마세요

스스로 꾸준한 시간을 투자하다보면
어느새 그 시간들이 모여서 큰 시간이 되기도 하고
때로 많은 사람들의 작은 시간들이 모여
나에게 큰 시간의 축복이 되기도 합니다

큰 시간을 투자하세요
비약보다는 도약입니다

생일이 돌아오듯

생일 돌아오듯 다 자기 때가 있습니다

태어난 사람 중에는
생일 없는 사람이 없듯이
누구나 다 자기 때가 있습니다

각자마다 생일이 다르듯
각자의 때도 비교할 것 없이 각각이지만
자기 때는 반드시 옵니다

생일에는 축하와 선물을 받게 되듯이
자기 때에는 뭐가 돼도 됩니다
남이 받아 가도 안 되고
자신이 받아다 쓰기만 하면 됩니다

때를 놓치지 않도록 잘 봐야 합니다
자기 때에는 뭔가 다른 일이 일어나니까요

깜박 잊으면 자기 생일도 그냥 지나가고 때를 놓치게 됩니다
잊지 않는 사람이 생일도 누립니다

기회의 때가 오나 안오나 걱정할 것 없어요
생일 돌아오듯 반드시 오니 준비하는 것입니다
반드시 때가 온다고 생각하고 있어야 잡습니다

준비되어 있은 사람은 100퍼센트 그 때를 잡아 써먹습니다
내가 할 일은 잡는 것입니다

그러니 때를 만나든 못 만나든
꾸준히 준비해두세요

생일이 있다면 당신의 때도 있습니다

시간의 주인

내가 주최자라고 생각하면 서두르게 되고

그 시간에 늦지 않습니다

게으른 마음에 자신을 내버려 두지 마세요

자신에게 주어진 시간에 주인이 되세요

끌려가기보다는 끌고 나가세요

선택당하기보다는 선택하세요

인생에 주어진 것들에 주인이 되세요

주인의식을 가진 사람만이 주인과 통합니다

결국 주인이 됩니다

수십 번씩 되뇌이는 말

스물네 개의 시간이
못내 아쉬운 것은
숫자를 매겨 놔서 일까
시간을 잘 못써서 일까
바빠서일까

아마도 핑계를 대기 때문인 거 같다

핑계 댈 시간에 시작하자
게으르지 말자
오늘 이 하루를 남기자
하루에도 수십 번씩 되뇌이는 말이다

시간은 생명이다

시간은 금이라고 하지만
시간은 금보다 비쌉니다

시간으로 금은 살 수 있지만
금으로 시간은 살 수 없고

금으로는 못 살릴 응급환자를
골든타임에는 살립니다

타인의 시간은 시급을 주고 살 수도 있겠지만
자신의 시간은 한정되어 있습니다

그러니 가지고 있는 동안
최고의 가치로 사용돼야 하는 것이 시간입니다

시간은 금이 아니라
시간은 생명입니다

단 하루도 그냥 살지 않아야
나의 시간은 살아 있습니다

시간 거지

이미 늦었다고 하기에는
'지금'은 내 목표와 가장 가까운 시간입니다

늘 시간이 없다고 하는
시간 거지가 되기보다는
없는 시간도 만들어 내는
생활습관이 중요합니다

시간이 없어서 못한다고들 합니다
시간이 없어도 해낸다면 시간을 생산해 낸 것입니다

누가 봐도 분명히 시간이 없는데 해낸다면
그 상황에서 어떻게 해냈는지
자신부터가 경이롭고 뿌듯하고
누구든 인정할 수밖에 없습니다

늘 시간 거지가 되어 허덕이며
시간과 세월을 탓하기보다
하지 않는 자신을 탓하는 편이 낫습니다

미치도록 하고 싶어 하는 자신을 만들면
시간 관리는 자동입니다

고기는 타이밍

달구는 타이밍
올리는 타이밍
뒤집는 타이밍
자르는 타이밍
싸먹는 타이밍
인생도 타이밍

고기를 가만히 두면 겉만
나를 가만히 두면 속만 타

뒤집어질 때는 뒤집어져야만 돼
고기도 뒤집지 않으면 한쪽만 다 타버리네

뒤집어지지 않은 자신도 새까맣게 타버릴 뿐
가만히만 있지 말고 뒤집어야 맛있는 삶

네가 속한 상황도 뒤집어 봐 실천으로
오늘부터 움직이는 멋있는 삶

전에

음식은 식기 전에

시간은 늦기 전에

인생은 늙기 전에

환기

〈새벽〉이라는 창문을 열지 않으면
답답한 인생 계속 답답하기만 하다

탁 트인 새벽을 갖자

일찍 깨운 새벽은
하루를 누리기에 충분하다

시간 중에는
새벽이 하나의 완전한 작품이다

미모를 찾아서

당신의 미모를 찾으세요

그리고
당신의 미모를 참지 마세요

미모는 미라클모닝

새벽 시간

새벽을 깨우는 사람은
비행기에 올라탄 것 같아서
더 멀리 내다보고
걸어갈 것을 날아갑니다

새벽은 왕과 만나는 시간입니다
개인이 해결할 수 없는 문제의 답을 받는 지혜의 시간입니다

새벽은
성장의 시간이고
내다보는 시간입니다

새벽은 하루의 첫 호흡입니다
호흡이 없으면 그렇게 답답하고
호흡하면 살아납니다

새벽은 사람을 순수하게, 그러나 강하게 만듭니다
새벽은 자신을 만드는 최고의 시간입니다

새벽은 하루가 태어나는 시간입니다
시작이 없는 끝이 없듯이
새벽이 없으면 하루도 없습니다

오늘도 빠르게 시작합니다
보통 속도를 내서 빨라지려 하겠지만
일찍부터 미리 하는 것이 빠른 것입니다

이른 새벽을 깨우는 삶은
빠른 자의 위력 있는 삶입니다

이기는 습관

잠을 이기지 못한 사람이
어떻게 자신을 이기고 목적을 이루겠는가

하루하루가 쳇바퀴 도는 듯하다면
새벽이라는 리셋버튼을 눌러야
하루가 새롭게 시작된다

일찍부터 일어나
쫓기지 않는 사람이 따라오게 만든다

새벽 기회

기회는 지나갈 뿐 말하지 않는다
기회는 순간
자신이 잡는 것이다

새벽은 지나갈 뿐 말하지 않는다
새벽은 순간
자신이 잡는 것이다

새벽은 기회다

새벽 독립

새벽 역시 독립입니다

스스로 일어나는 시간입니다
스스로 서는 것이 그렇게 좋습니다

제때 일어나야 잠잔 보람도 있습니다
실컷 자 놓고 늦으면
그렇게 잘 자고도 잠을 원망합니다

스포츠에는 경쟁이 있지만
새벽에는 경쟁이 없습니다
누구나 깨우기만 하면 가질 수 있는 시간입니다

새벽 꽃

저마다 자기를
귀하게 꽃 피우는 시간이 있고
열매를 맺는 때가 있다

때가 지나면 꽃 피우기도 열매 맺기도 어렵고
너무 늦으면 아예 아무것도 없다

꽃을 피워야 열매가 열리기에
꽃 피우는 것이 늦어지면
늦은 만큼 모든 것들이 늦어진다

새벽이라는 귀한 꽃을 피워야 된다

〈새벽〉은 인생의 열매가 열리게 해 주는 꽃이다
새벽에 꽃을 피웠다면 하루라는 열매를 맺고,
인생이라는 열매로 익어 가는 것이다

일출

일출을 보려면,
산 정상이나 바닷가에 미리 가서 기다려야
제때 제대로 일출을 볼 수 있습니다

일출 시간 전에 일어나서 준비하지 않으면
'일출이라는 극치의 아름다움'을 보지 못합니다

시간도 일도 '제때'를 지키려면,
그 전에 일어나서 준비해야 됩니다
그렇지 않으면 살아가는 삶이 흐릿하게 느껴집니다

제때 일어나서 제때 올라야 보이는 것들이 있습니다
이 아름다운 세상을 제대로 보려면 〈제때, 제대로〉입니다
그래야 목적한 곳에서 그때에만 보는 아름다움을 담고 삽니다

제때를 살며 아름다운 세상을 살기 위해
꼭 해야 될 것이 있다면 〈새벽〉을 깨우는 일입니다

'새벽을 깨운다.'는 다른 말로 '제때를 산다.'입니다
인생의 일출을 맞이하기 위한 시간,
이것이 그토록 새벽이 소중한 이유입니다

마지막으로 본 일출은 언제이신가요?

한 달에 한 번쯤은 일출을 보기 위해
가까운 산에 올라 보는 것은 어떠신가요?

돌아볼 시간

한 의사가 암 진단을 받고는 말했습니다

"다른 사람을 보느라
나는 나를 잃어버렸습니다."

꼭 자신을 살필 시간을 가지세요

결국 내가 쓰러지면 아무것도 아니니까요

6부

청춘 기록

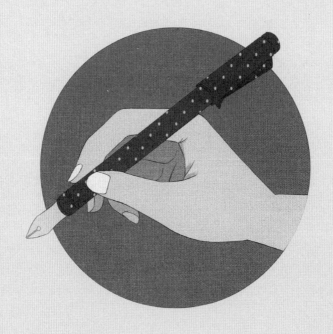

이곳에는 청춘들의 기록을 수록하였습니다.

창작시 공모를 통해 청춘들에게 작게라도 출판의 기쁨을

함께 느끼게 해주고 싶었습니다.

앞으로 한 편의 시가 한 권의 책이 되기를 응원합니다.

많은 청춘들이 자신을 꼭 닮은 책을 낳아 보기를.

2020 × 20대

부품 취급할 거면 제자리를 찾게 해 주세요
왕 노릇 시킬 거면 왕관도 제게 주세요
착취를 원하시면 옷과 밥, 그리고 집을 주세요
꿈을 강요하시면 우리에게 시간과 돈을 주세요

어떤 삶, 어떤 나, 어떤 20대, 어떤 청춘에
기댈 하루도 생각할 나날도 주지 않았잖아
이상적인 풍선에 현실적인 동전이 매달려
멀리 날아가지 못한 걸 가르쳐 주지 않았잖아
누군 험난한 전장에 던져 누군 세상모르는 바보
결국 둘이 만나 빨간 봄이 오겠지
지갑이 두둑한 분들은 구경할 맛이 나요,
방황에 노력이 들고 성공에 노력이 들어서

청춘은 봄에 연연하지 않아
어쩌면 청년들은 온난화 진행 중
가여운 북극곰을 살려 주세요
스트레스성 빙하 감소

deno.k ⓘ @deno.k123

청춘의 행복

짧디짧은 시간, 세월이 무색하게 훅 스쳐
지나간 시간 속 우리는 꿈을 좇아
마음과 열정을 다했었지

그러한 것들이 하나둘씩 모여
언젠간 정상을 향해가 있는 모습들이 비춰 보일 거야
때론 지치고, 포기하고 싶은 순간들이 오더라도

꿋꿋이 그 자리를 지켜내다 보면
지나온 시간들이 머릿속을 주마등처럼
스쳐 지나가는 순간들이 다가올 거라 믿고
흘러가는 시간 속 천천히 조금씩 더디더라도
한 발짝 한 발짝 나아가는 우리가 되기를

그 모든 순간들이 훤히 빛나고 반짝일 거야
어둠이 가득한 밤하늘에 빛나는 별처럼
우리 또한 어둠이 지나고 나면 언젠간 빛이 날 거야
어둠과 빛이 공존하기에 별이 돋보이는 것과 같이

청춘은 아픈 게 아니라 아름다워지기 위해서
아픔을 가정한 시련들이 다가와 잠깐의 고통을 안겨주지만
그 고통들은 먼 미래의 우리에게
성숙이란 선물을 가져다줄지도 몰라

커다랗고 값진 선물을 받기 위해서라도
단단해지는 젊은 날의 우리가 되기를

밍글 ⓘ @am_3_49

기회라는 이름의 길

그대가 좌절에 넘어졌다면
무릎을 털고 일어날 기회가 있는 것

그대가 가는 방향을 잃었다면
그대의 길을 만들어 갈 기회가 있는 것

그대가 두려움으로 아무것도 하지 못한다면
용기를 배울 기회가 있는 것

그대가 혼자라 느껴진다면
신에게 기도할 기회가 있는 것

그대가 사는 세상에 지쳤다면
고개를 돌려 사소한 것부터 다시 바라볼 기회가 있는 것

박이레 ⓞ @i_re_park

바라 봄

청춘이라는 말이 싫다는 영화감독의 말에 우린 고개를 끄덕였어
그 말이 적용될 만큼 아름다운 인생을 살기가 어렵다는 영화감독의
말에 우린 눈을 맞추었어

그 말이 적용되는 인생은 무엇일지,
아름다운 인생은 무엇일지,
들여다보는 너의 눈빛에서
삶 전체를 들킨 것 같아 난 그 눈길을 피했어

넌 그런 게 보여?

나는 자꾸만 보여
청춘이 적용되는 인생들이 자꾸만 눈에 밟혀
그래서 네가 자꾸만 눈에 밟혀

최시은

마음

나의 청춘은
잠들지 못해 밤새 뒤척이다
울며 아침을 맞이하는
그런 것이었습니다

응원한다는 말 대신
잘 자라고 그대들에게
인사 묻고 싶습니다

짙은 새벽에 갇혀
이도 저도 못할 청춘에게
진심 눌러 전합니다

바뀌지 않는 곳에서
바꿀 수 있는 건
처절히도, 나의 마음뿐
놀랍게도, 세상의 곡조가 변합니다

나의 청춘은
잠들지 못한 이들의 밤을
따듯하게 어루만지며 나눈
그런 것이고 싶습니다

최예지 ⓘ @stopforme000

春이어라

만물이 푸르던
그 시절

빛으로 피어난
마음 어여삐도
여물었다

쓴 것도 달콤한 것이
청춘이라

돌아서면
저만치 멀어지고
붙잡으면
모든 것 사라지는

그것도
청춘이라
다시 푸르르던
지금

피어난 꽃이 짐에도
흔들리지 않고
나아가는

그것이
청춘이었노라

무아 ⊙ @eleine.9.5

청춘

너는 항상 내 옆에 있었다
내 수려하고 예민했던 10대 때도
방황 많던 말썽쟁이의 20대도
가슴 설레는 매 새로운 경험마다
너와 나는 함께였지

나에게 잘 지냈냐고
무슨 말 한 마디라도
해 주길 원하건만
그런 나의 마음은 모르는지
너는 말이 없었지

그저 나를 바라만 보던 너를
나는 당연하게 여겼지
그랬던 너인데
또 한 마디 말도 없이
나를 떠나가는구나

가지마 가지마
제발 가지마
날 두고 떠나가지마
소리쳐 애원해도
뿌리쳐 가버리는구나

이제야 느낀다
잃어 보니 너가 느껴져
너의 마음을
너의 생각을
너가 나에게 건넨 말이 무엇인지

내 소중한 청춘
내 한 번뿐인 청춘
내 앞날의 시작
내 무한한 가능성
그게 바로 지금이라는 걸
너에게 말해 주고 싶어

방경원

7부

멘탈
PT

COMEOUT

크게 수고하기를 두려워하는 세대

크게 실천하기를 망설이는 자신

지금 당장 거기서 나오세요

Come out and play

시도조차 값지다

힘들어 보이는 일과
실제 힘든 일은 달라

막상 부딪혀 보니
쉬운 일도 있고
생각보다 어려운 일도 있다

당장 이뤄지지 않더라도
시도조차 값지다
시작해 본 사람은 방향이 잡히고
가장 빨리 확실한 길을 찾아낸다

시작해 보기도 전에
너무 따지고 생각하면
그 생각이 성벽이 되어서
행동이 나가질 못 한다

생각으로 아무리 성대한 잔치를 해도
실제는 주리고 고프다
해 봐야 얻게 되고 다음이 보인다

생각을 믿지 말고 움직이는 자신을 믿어라
내가 한 것만 내 것이 되어 있다

할 수 없는 상황 속에 있다면
더 할 수 없이 해버려라
해보지도 않고 하는 실망보단
시도조차 값지다

복싱

라이트
레프트
훅 쨉
어퍼컷

힘든 일로 몇 대
얻어맞았다고
쓰러져 있기에는
청춘이 아깝다

한 대도 맞지 않고
챔피언이 된 사람이 어디 있는가

삶이 너무 아프더라도
경기가 시작됐으니
쓰러지지 않아야 이긴다

지금 필요한 건
KO된 내가 아니라
OK하고 다시 일어나는 정신이다

포기는

포기는
포식자 앞에 자신을
기꺼이 바치는 행위

자신이라는 가능성을
실패라는 포식자 앞에
절대 갖다 바치지 말아요

어떤 상황에서도
기회는 오기로 되어 있으니
포기보다는 오기로
끝까지 이겨요

진정한 승자

승패라는 결과만 보면
무조건 이겨야 좋겠지만
모든 상황이 꼭 이겨야지만 좋은건 아니다

겉보기 좋은 승리보다
이겨도 무엇을 잃었느냐와
져도 무엇을 얻었느냐가 핵심이다

승리에 집착할 필요도
졌다고 오열할 필요도 없다

무엇을 얻게 되고
무엇을 잃게 되는지
분명히 안다면
진정한 승자가 될 수 있다

또 무엇을 얻었는가 보다 중요한 건
그 결과를 얻은 후에 어떤 내가 되어 있느냐다

이겼어도 자신을 잃으면 소용이 없고,
졌어도 자신을 얻었으면 다시 이길 수 있다

져야 유리하면 져라
승자의 저주도 있고
패배의 축복도 있다

결심의 목적

결심을 하고 나면
마치 지난날 못한 것에 대해
리셋 버튼을 누른 것 마냥
마냥 마음이 좋다

새롭게 시작하는 것 같고
결심으로 인해 동기부여도 되고
못했던 것에 빠져 있지 않아도 되니 좋다

그러나 결심에 빠지지 않게 조심하라
후에 이뤄 낸 것 없이 결심만 하고 있는 자신을 본다면
더 크게 실망할 테니 말이다

결심중독이 되어 결심만 하다 보면
정작 남긴 것이 하나도 없다

결심은 나를 위로하기 위한 것이 아닌
한 차원 위로 가기 위한 것이어야 한다

오늘 운동하기로 결심했으면
목표량의 운동을 해야 결심이 이뤄진 것이듯
결심은 힘들어도 반드시 실천해야 된다

결심의 목적은 결실이다

포기하세요

꼭 이뤄 내야 되는 일이 있다면

당장 포기하세요

안된다고 생각하는 그 마음을

을의 반란

당신에 대한 저평가와 편견이 있나요?
그렇다면 침착하게 상황을 주목하고 깊이 생각해 보세요

핵심이 무엇이고
어떻게 더 짧은 시간 안에
더 위대하게 그 핵심을 이룰 것인가를요

그리고는 스스로도 만족할 만하게 이뤄 보세요

아프고 억울하고 분한 만큼
상대를 미워하고 원망하고 싶겠지만
그건 자신을 망치고 더 을로 살아가게 합니다

핵심을 이루는 사람이 되세요
당신이 잘되는 게 최고의 복수입니다

그것이 당신을 바라보는 부정적 인식을 깨고
갑이 만든 판을 깨고
갑도 인정할 수밖에 없게 만드는
진정한 을의 반란입니다

편견과 갑질에 맞서는 방법은
바로 당신이 핵심이 되는 것입니다

부자의 행복

부자는 그 다음 행복을 위한 기회비용이 큽니다
100만 원으로 행복했다면 그 다음은 더 나은 만족감을 위해
그 이상을 투자해야 행복합니다

돈을 써서 행복해지다 보면
그 다음 행복과 만족을 위해 드는 비용이 점점 커집니다

단순한 경제적 부자는 어찌 보면
물질적으로는 더 누릴 행복이 없는 사람입니다
더 이상 누릴 행복이 없는 거죠

때로는 좀 부족하기 때문에 보다 더 자주 쉽게
감사하고 행복해할 수 있다는 걸 기억하세요

무소유를 말하고자 함은 아닙니다
자신이 지닌 가치로 인해 부가 따르는 것은 좋은 일입니다

우리가 추구하는 것이
더 이상 행복하기 어려운 부자가 아니라
사소한 것에도 감사하고 행복할 수 있는
그런 부자이면 좋겠습니다

김볶밥

가진 거라고는 냉장고에 김치밖에 없을 적에
김볶밥 솜씨가 부쩍 늘어갈 즈음
아끼는 동생이 놀러 왔다

밖에 나가서 분위기 있게 맛난 거라도
같이 사 먹어 볼까 하는 건 마음뿐이고
해 줄 거라고는 역시 김치볶음밥이 다였다

"차린 건 없지만 맛있게 먹어~"
팩트가 담긴 상투적 인사를 신호탄으로
후라이팬 하나 가득 김볶밥을
숟가락에 소복소복 쌓으며
맛있게 해치우고 나서는
쿨피스 한 잔씩 쿨쿨꿀 따라 먹고 행복했더랬다

송글 맺혔던 이마에 땀도
호 불며 입속에서 밥알 굴리던 소리도
아직 기억이 난다

'돈이 없으니 가진 것 다해 마음으로 하게 되는구나.' 하며
문득 돈보다 더 나은 가치를 발견했다고
스스로를 대견해했던
그 시절 김볶밥이 고스란히 떠오른다

해피엔딩

휴대폰을 떨어트렸을 때의 아찔함
다시 주워 들었을 때 멀쩡한 액정에 안도감

깨졌으면 비용에 대한 실망으로 아까워할 뿐이지
결국은 새 폰을 쓰고 있지 않은가

나를 깨부술 것 같은 어려움을 당해도
깨져 버린 것이 중요한 것이 아니라
그것을 새롭게 할 수 있느냐가 중요한 것임을

그렇게 깨져 가면서 과정 속에서
자신을 새롭게 만드는 것이 인생인 것임을

결국 엔딩에서 웃을 수 있는 삶으로
자신이 만들어 나가는 것임을

서핑 라이프

어떤 사람은 큰 파도를 두고 무서워하고
어떤 사람은 큰 파도를 기다린다

한 사람은 자기를 만들지 않아서 수영을 못하는 사람이고
한 사람은 서핑 실력을 갈고닦아 파도를 탈 줄 아는 사람이다

살아가면서 굽이굽이 파도칠 때 자신을 만들어 놓아야
더 큰 파도가 칠 때 오히려 스릴을 느끼며 살아가게 된다

바다도 출렁이는 파도가 있음으로 생명력이 있듯이
좋고 나쁜 내 인생도 살아 있음의 곡선이다

바다에 파도가 없길 바라기보다
파도치는 인생에 훌륭한 서퍼로서 살아가는 삶이다

행복 캐기

집중해서 시험공부를 끝내고 났을 때 뿌듯한 행복감
경기 내내 뛰고 달려 마침내 골을 넣었을 때 행복함

목표만을 바라보며 끝까지 도전해서
마지막 테이프를 끊었을 때 정말 행복하다

알고 있는가
우리는 집중해야 행복하다

집중하지 못하는 것만큼 소모적인 일도 없다
시간은 시간대로 돈은 돈대로 들어가고
얻는 것은 없으니 말이다

값비싼 다이아몬드나 금도
처음에는 땅속에 있으니
돌을 깨 내고 깊이 들어가야 캐낸다

당신에게는 깊이 파고들 수 있는 그런 집중력이 있는가?
있다면 인생의 행복을 캐낼 수 있을 것이다

집중하자
이 말은 행복하자라는 말이다
행복에 집중하자

생각체력

언제까지 생각해야 되는가
생각은 해야 될 것이 생각날 때까지다
생각났으면 얼른 가서 해 보고 실천하고 나서
차원 높아진 생각을 붙들고 또 생각하면 된다

다음 할 것이 생각났으면
바로 실천하고 나서 또 생각하는 것이다
이렇게 꾸준히 하면 '생각의 체력'이 길러진다

단백질 등 영양가 있는 음식을 챙겨 먹으며 운동해야
근육이 잘 만들어지는 것처럼
마음도 영양가 있는 생각을 잘 섭취하며 행동해야 잘 만들어진다

아무렇게나 먹으면 마음도 탈이 나고
또 마음만 계속 먹고 있으면 마음비만이다

생각한 것, 마음먹은 것에 찰싹 붙어서 실제로 행동해 본 사람이
가장 빨리 자신을 만드는 명확한 길을 찾는다
덤벨을 들어본 사람이 자신의 근육을 느끼듯이
행동해 본 사람이 자신의 성장을 느낄 수 있다

산

산을 오를 때마다 느껴 보오니
같은 산이라고 할지라도
365일 단 하루도 같은 날이 없어

어떤 날은 맑은 하늘로
어떤 날은 운해로 맞이해 준다

그럼에도 역시 산이라는 본질에는 변함이 없으니

흔히 새롭게 혁신한다고 하면서
자기 고유의 본질까지 뒤바꿔 버려서 혼돈하는
개인, 조직, 기업들

자신의 본질을 잊고 어떤 것을 좇기에 바쁜 모습들과
늘 그 자리에 있으면서도 사람들이 찾아오게 만드는 산에서
큰 대비를 느낀다

산이 왜 지금까지도 사랑받는지
어떻게 많은 사람들에게 경이로움을 선사하는지
변화가 왜 신비로운지
왜 변화해야 하는지
변화하되 자기라는 정체성을 지키는 것이 왜 중요한지
산을 오르면서 그런 생각들을 해 본다

산을 오를수록 명료해진다
생각도, 내가 서 있는 곳도

어느덧 정상이고
어느덧 내가 있어야 할 곳이다

간절함

간식을 본 댕댕이는
바로 두 발로 일어섰습니다

간절함은 당신도 일어나게 합니다

LP판

까놓고 보면 똑같지만
같은 소리는 하나도 없었다

사람도 마찬가지
다 사람이지만
각자의 삶에서 나는 소리가 다르다

바늘에 긁혀서 나는 소리가 음악이 되다니
아름다운 찔림이다

나를 찌르는 일도
아름다운 선율로 승화시킬 수 있기를

똑같이 턴테이블 위를 돌아도
어느 그루브를 타느냐에 따라
다른 연주가 되듯이

때로는 매일 같은 인생인 듯 돌고 돌아도
한 번뿐인 인생의 그루브를 타며
노래가 되는 인생이다

아이러니

두려움을 극복하는 방법은

아이러니하게도
두려워하는 그 일을 하는 것입니다

승자의 길

아무리 힘들고
미치게 어려운 일이라도
결국 해낸다면

내가 그 일과 싸워
이긴 것입니다

이긴 후 승자에게 몰려오는 감동과
자유는 온몸을 전율하게 합니다!

어차피 하면서 힘드나
안 해서 힘드나 힘은 드니까
하지 않음으로 오는 고통보다
이루기 위한 보람된 수고를 선택하는 것입니다

오늘을 어려워만 하고 있겠습니까?
아니면 승자의 길을 가겠습니까

독립 운동

스스로 경제력을 갖추려 하기보다
그저 많은 돈을 가지길 바라거나

자신을 위한 시간을 갖지 못하고
각종으로 시간을 뺏기거나

자신이 생각하고 말하는 것이 어디에서
누구로부터 온 지도 모른 채 떠들고
이 말 저 말에 영향받아 살고 있는 건 아닌지

독립을 원하면서도
경제적, 시간적, 정신적 독립에 '아직'인 청춘들에게
17세 소녀의 외침을 다시 들려주고 싶다

"대한 독립 만세!"

독립은 흔들림 없이 스스로 서는 것이며
굴복하지 않은 투쟁으로 이루는 것이다

그러니 오늘날 어떠한 수고도 없이
자유만을 찾는 태도는 안일하다 하겠다

나는 〈독립〉했는가

독립하지 못한 민족은 나라를 빼앗기고
독립하지 못한 청춘은 '나'를 빼앗긴다

나를 묶고 있고 중독시키는 것으로부터 독립하자
그것이 돈이든 잠이든 사람이든 무엇이든
그것을 나 스스로 다스리는 단계까지 가면
거기서부터 자유다

끝까지

가장 힘들었던 일이
가장 기쁜 일이 될 때가 있다

바로
끝까지 할 때

끝내지 않을 거면
시작하지도 말아라

시작했으면
끝을 보아라

결핍이 주는 축복

결핍을 좌절하는 데 쓰는 사람이 있고
자신을 간절하게 만드는 데 쓰는 사람이 있다

누군가는 결핍으로 인해 좌절하고
누군가는 결핍으로 인해 간절하다

결핍은 간절함의 원천이다
간절하니 방법을 찾게 되고
결국은 발견해서 얻는다

모험

뜻도 목적지도 없이
무작정 도전하는 것은 '위험'이다

뜻과 목적한 희망을 가지고
그 위험을 헤쳐 나가는 것은 '모험'이다

열정의 불씨

열정의 불씨는
내가 정말 하고 싶은 일
내가 꼭 해야만 하는 일
내가 아니면 안 되는 일입니다

지금 하고 있는 일을
열정의 불씨로 만들어 보세요

당신의 열정이 뜨겁게 불붙도록
지금 당장 하고 싶은 일로
해야만 할 이유가 분명한 일로
나밖에 할 수 없는
그런 일로 만들어 보세요

항상 환경은 두 번째다

살다 보면 며칠씩 밤새워야 되는 일이 있습니다
그것이 피곤하고 그만할 이유를 찾게 되는 일이 될지
자신의 한계를 넘어 성장시키고 보람이 되는 일이 될지는
자신에게 달려있습니다

내가 지켜야 될 것이 약속이건 사람이건 사랑이건
지켜 내야 될 필요가 있다면 지켜 내는 겁니다

환경이 중요하고
환경을 탓하고
환경에 영향을 받는 우리이지만

항상 환경은 2번째입니다
저에게 환경이 첫 번째가 된 적은 없습니다
아예 그렇게 배우질 않았습니다

내가 준비되고 예비되는 게 첫 번째입니다
내가 환경을 다스리는 정신과 체질을 갖추고
실력을 갖추는 데 도전하는 것이 첫 번째입니다

경기에 압도당하거나 패하면 "상대가 안 된다."라고 하죠
일이나 환경에 압도당하면 안 됩니다
상대가 되어야 합니다 감행하고 밀어붙일 실력이 있어야 됩니다

지면 안됩니다
진자는 승자의 종이 됩니다
간절히 지고 싶지 않다면 이길 방법도 생겨요
그런 진실함과 간절함이면 하늘도 이기게 해 줍니다
포기할 바에는 이기세요

보람이 더 커요

살다 보면 힘들 때가 오는데
힘든 게 문제가 아니라
힘들어도 얻는 게 없을 때가 문제입니다

힘들 때는 생각해 보세요
내가 어떤 가치를 위해 수고하는지
이 수고가 어떤 결과를 가져오는지를요

필요 없는 수고는 할 필요가 없고,
수고를 피함으로 후에 찾아오는 고통보다는
수고하며 겪는 어려움이 훨씬 낫습니다

끝나지 않을 것 같은 수고와 연속된 어려움에도
끝까지 수고하면 이깁니다
그리고 이긴 사람은 얻습니다

수고를 마다하지 않고 끝까지 하는 사람은 압니다
수고보다 보람이 크다는 걸

그래서인지 "수고 많으세요."라는 말에
감사와 함께 늘 이렇게 화답합니다

"보람이 더 커요."

선택의 기로에서

어려움을 피하면
선택은 쉽지만 끝까지 가기가 어렵다

어려움이 없어서 선택하고
그저 쉽기 위해서 선택하는 것이 아니라

어려워도 목적을 따라 선택하고
뜻을 둔 실천이다

진리를 안다하여도
막상 현실에서 선택할 때는
쉬운 길로 발길이 가지만
어려워도 꼭 자신이 가야될 길이 있다.

쉬운 선택은 당장은 쉽지만 끝까지 가기가 어렵고,
뜻있는 선택은 당장 어려워도 이루는 힘이 크다

모르고 선택하면 안 된다
뜻을 알아야 어떤 길도 기뻐하며 가고
역시 이룬 후에는 보람과 깨달음이 평생이다

실패 앞에서

성공의 반대는 실패라고 배웠을 것입니다
실패하면 안 된다고 배웠을 것입니다
그러나 해도 되는 실패도 있습니다

또 다른 성공을 위한 실패도 있고
실패했기 때문에 얻는 것도 있습니다

물론 실패는 금전적 정신적 시간적 물리적 손해가 가기에
단지 실패에 초점을 맞추면 실망을 금치 못하고
땅굴을 파고 들어가겠지만

매사를 성패에만 초점을 두기보다
실패를 놓고 단념하기보다

이제 끝났다고 생각하지 말고
무조건 거기서 조금 더 행하면
실패가 '결과'가 되지 않고 '과정'이 되어
성공으로 가는 길이 되어 주기도 한다는 것입니다

너무 큰 실패를 경험하거나
복구하기 불가능해 보이는 일을 만나도
그것을 결과로 생각하고 주저앉지 말고
더 행동해서 과정으로 만들어 버려야 합니다

앞길을 막아선 실패가
길을 내어줄 정도로 행동해 봐야 합니다

도대체가 끝인 것 같고
더 하고 싶지도 않고
방법이 없는데
뭘 어떻게 더 할 것인가?

그래서 더 할 수 없다고 느낄 때
할 수 있는 방법에 대한 한마디 코치가
그렇게 큰 것입니다

마음에 새기시기 바랍니다
실패를 과정으로 만들어 버리자!
결과에 안주하지 말자!
하고 또 하자!

인생 쿡

아직 하고 싶은 게 많다는 건
열정이 있다는 것입니다

이 열정이 〈실제〉가 되려면
한 곳에 뜨겁게 집중할 수 있느냐
그리고 목적을 이루기까지 지속할 수 있느냐
이 두 가지가 중요합니다

적어도 나무가 잎을 틔우고
봄부터 가을까지 잎을 지속하듯이
열정을 틔우고
열정을 성장시키고
열정을 지속할 줄 알아야 됩니다

단 몇 초의 집중력,
순간의 열정으로는 될 것도 안 되고
지속과 집중이 빠진 열정이라면
라면 하나도 못 끓입니다

라면을 1개 삶든 30개를 삶든
끓는 온도까지는 불을 지펴야 됩니다
그리고 다 익기까지 유지하는 것입니다

하고 싶은 것을 할 때는
가장 하고 싶은 것 한두 가지로 폭을 좁히고
푹— 삶아 보세요
그게 맛 좋은 인생이 되는 비법입니다

1) 하고 싶은 것을 몽땅 다 적는다
2) 꼭 하고 싶은 것 2~3가지만 골라낸 후 다 버린다
3) 그 2~3가지를 세트화해서 하나로 묶는다
4) 생활로 가져와 아주 열정적으로 실천한다

이게 바로 '열정'으로 요리하는
맛 좋은 인생의 레시피입니다

좁은 문

한 차원 더 나은 길로 가기 위해서
누구나 좁은 문을 지나야 될 때가 있다

자기 하나 겨우 통과하는
오롯이 홀로인 듯 지나는 그 과정이 있어야
넓은 세상을 만나도 흔들리지 않는다

배움

흔히 앉아서 듣는 식의 배움은
가장 아래 단계의 배움이다

몸을 움직여 실제 보며 배우는 것이
차원 높은 배움이다

젊어서 고생은 사서도 한다는 말은
방향도 방법도 모른 채 고생하는
그 개고생이 아니라

젊은 시절
자신이 추구하는 방향 속에서
몸으로 부딪히며 배우는
유익한 고생을 돈 주고 사서라도 하라는 말이다

자기 확신

사람들은 잘 모른다
자신이 정말 할 수 있는 사람이고
해낼 수 있는 사람이란 걸

나 또한 그러했다
자신을 넘어 보기 전까지는

어렵다. 힘들다. 안된다. 하기 전에
바로 그 즉시 해 버리는 정신자

할까 말까 망설이는 게 아니라
이때 안하면 못한다며 해 버리는 실천자

그게 내가 된다면
믿을 만한 자신을 발견하게 될 것이다

자기 확신이 없이는 성공과 멀다
이루어 내는 힘이 강해야 성공하고
자기가 확실해야 이룰 수 있다

지피지기(知彼知己)에서
'지피'도 중요하지만, 지기 싫다면 '지기'하라

성공에 있어 꼭 필요한 것은 무지와 확신
바로 포기에 대한 무지와 자기에 대한 확신이다

단념보다 집념

이 산 저 산이 가린다고
안 뜰 해가 아니다

자신을 막는 일이 많고
생각했던 대로 일이 안 된다고
안 떠오를 네가 아니다

먹구름 같이 살면 어둠이 내려앉을 것이고
해처럼 뜨겁게 살면 떠오르는 것이다

쉬운 단념과 어둑한 낙심 말고
해 같은 집념과 뜨거운 실천이다

때가 되면
해는 결국 떠오른다

가난 플렉스

많은 flex가 있지만
가난을 flex 했으면 좋겠습니다
요즘 사람들은 자신이 얼마나 가졌는지를 자랑하지
자신이 얼마나 가난한지를 자랑하는 사람은 없으니까요
대부분 자신의 재력과 미모와 경력 등 가진 것들을
자랑하기 바쁩니다

그러나 가진 사람이 지난날의 가난을 이야기해 주지 않는다면
누가 가난을 기쁘게 이야기하겠습니까
돈이 없는 가난함보다 큰 진짜 가난은
희망을 잃은 마음입니다

자신의 지난 가난을 flex 하고
극복된 어려움을 flex 하길 바랍니다
물질적으로든 정신적으로든 정말 가난한 사람들에게
희망이 되고, 방법이 되고, 도전이 되도록

기대하는 만큼

한 번에 문제없이 잘 되기를 바라고 시작하면 힘들다
주사위를 던져도 내가 원하는 숫자가 나오게 하려면
6번은 던져 봐야 되지 않을까?

운 좋게 한 번에 나올 수도 있지만
100% 원하는 숫자가 나오게 하고 싶다면
6번은 수행하는 게 도리다

다른 일들도 마찬가지다
한 번에 되길 바라니 안 이루어진다

가끔 기대하며 어떤 일을 시작한다는 소식이 전해오면
지지하고 응원하다가도 한 번만 하고 말거면 하지 말라고
말리고 싶을 때가 있다

한두 번 던지고
원하는 숫자가 나오길 바라는 사람이 너무 많다
한두 번 해보고 안된다고 실망하는 사람들이다

주사위를 많이 던질수록
내가 원하는 숫자가 나올 확률이 크듯이
하면 할수록 원하는 결과에 가까워진다

고작 몇 번 던지고

원하는 숫자가 나오길 바라지 말고

자신을 수없이 던질 각오로 해야 이뤄진다

기대하는 일이 있다면 기대치만큼 반복해서 도전하라!

물

〈좋은 물〉은 위에 있고
〈많은 물〉은 아래에 있다

사람도 그러하다

〈인재〉는 차원을 높여야 얻고
〈청중〉은 낮아져야 얻는다

다이아몬드

정말 나눌 것이 있다면 〈감사〉다

나누면 부족해져야 되는데
감사는 나누면 나눌수록 자꾸 커진다

먹튀한 100명 중에
돌아와서 감사하는 한 사람을 발견하면

내가 사람만 한 다이아몬드를 발견했나 싶다

물속에 뛰어들었다

물 밖에 있을 때는
가만히 있어도 살지만
물속에 들어가면
손이고 발이고 저어야 떠서 앞으로 가진다

그냥 뒷짐 지고 서서는
할 일도 타이밍도 보이지 않는다
할 일에 뛰어들어야
할 일들이 떠오르고 기술도 익혀져서
수영할 때 같이 물살을 가르며 나아간다

손을 저을 때 손을 젓고 발을 찰 때 발을 차면서
고개를 처박을 때 처박고 숨 쉴 때 쉬면서
때에 맞게 해야 뭐가 돼도 된다

삶 속에 뛰어들었으면
가라앉지 않고 떠오르도록
겸손히 고개는 숙이고
손발은 할 때 하기다

고생

정말 고생이 뭔지 아냐며 자신의 고생을 강조하는 사람이 있다
진짜 고생해 본 사람은 자신의 고생만을 강조하지 않는다
고생을 이겨 내고 차원 높인 현재를 사는 사람은
오히려 상대의 고생을 알아본다
그리고 더 고생하지 않도록 배려하고 돕기도 한다

자신만큼 고생해 봐야 안다는 사람은
아직 자신의 고생에 빠져 있는 사람일 것이다

자신이 겪은 고생은 때때로 귀하지만 그렇다고 해서
상대를 그러한 고생으로 이끄는 것은 괴롭힘이 될 수 있다
젊어서 하는 고생도 사서 할 정도의 의미는 있어야 된다
무작정하는 고생이
무조건 피가 되고 살이 되고 나 자신이 될 리 없다

유의미한 고생은 '득'이지만
쓸데없는 고생은 '독'이다

가치기준

이 사람 저 사람에게 맞추느라
다중이로 살아가는 사람들

다양한 사람들 속에 살다 보니
조직 또는 상대에게 맞추며 사회생활이라 한다

그것은 함께하기 위한 것이지
자신을 버리기 위한 것이 아님을

정확한 기준이 없이는
상대도 스스로도 믿기 어려운 아리송한 삶이 될 뿐이다

자도 눈금이 있으니 정확히 재어 보듯이
'자기 철학'과 '가치 기준'이 분명한 사람이
현상도 상황도 정확히 달아 보고 분별한다

어떤 기준으로 보느냐에 따라서
문제도 상황도 대처도 확연히 달라지기 때문에
가치기준이 확실해야 된다

자기합리화를 위한 이중 잣대나
자기 유익만을 위한 편향된 저울은 어서 영점조정하고

서로가 가진 가치와
내가 살아가고 있는 가치를 정확히 파악해서
내적으로도 외적으로도 분명한 가치 기준을 가질 때
우리는 보다 서로를 이해하며 가치 있게 살 수 있다

상대의 핵심 가치를 파악해서 대해 주거나
자신의 분명한 핵심 가치를 나타내거나
공통 가치를 공유하고 일치시킴으로 팀웍을 얻게 될 것이다

가치를 알아보는 사람은 가치 있는 사람이 된다
고로 존중받게 되고 발견한 가치들로 빛나게 된다

특히 가치 기준이 분명한 사람은
고민과 걱정에 흔들리지 않고
추호의 망설임도 없이 나아간다

더 이상 다중이에다 걱정의 추노로 살고 싶지 않다면
명확한 가치 기준을 세워야 된다

평생자본

어려움이란 게,

이겨내고 나면
평생 감사할 수 있는 자본이 된다

사랑이란 게,

깊이 알고 나면
평생을 살아갈 수 있는 근본이 된다

평화

자기 내적 평화가 있어야 된다
자기가 평화롭지 않은데 상대와 화평할 수는 없다

마음에 여유가 없을 때는 뭐든 스트레스가 되기 마련이고
필요 이상으로 남을 견제하게 된다

스트레스 상황이 상대 때문이 아니라
자신의 예민함 때문은 아닌지 살펴봐야 한다

상대의 잘못보다 자신의 평정심부터 찾기다
물결치는 마음에 비친 것은 다 일그러져 보이기 마련이다

화평

넉살이 좋아야 화평을 이룹니다

뺨을 치시면
"아이구 아버지 저 먹여 살리느라 힘이 약해지셨네요
한 대 더 치고 싶으시면 더 치셔도 되겠어요." 하고도
다시 안 맞을 정도는 돼야 집안의 화평을 이룰 수 있다

가족, 부서, 조직, 어느 누구와도 마찬가지다
센스 있게 대하면 된다
화평은 욱하는 순간 깨진다

거두기

걷어 낼 것을 걷어 내니 거둘 것이 보인다
그냥은 얻을 것이 보이지 않는다

거둬 내야 거둬진다

그래도 거둘 것이 없으면 오늘 심어라
내일에 낙심치 않는다

재발견

새로운 물건을 계속 사도
채워지지 않는 것은

가지고 있던 소중한 것을 잊어버렸기 때문입니다

그건 아무리 새로운 물건을 더 산다고 해도
채워지지 않습니다

새로 얻는 것도 크지만
이미 가진 것 안에서의 발견도 큽니다

이미 가지고 있는 소중한 것들을
있는 데서 찾아내는 것도 얻는 것입니다

멘탈 잡기

체력은 좋다가 나쁠 수도 있고 마음먹고 키울 수도 있다
어떤 날은 컨디션이 안 좋았는데
일이 잘돼서 오히려 개운할 수도 있고,
어떤 날은 컨디션이 좋아도 현재의 자신으로써는 감당하기 어려운
굉장히 큰 일이 쏟아져 내릴 수도 있다

그러나 이렇든 저렇든 별의별 사람들이 문제를 일으키고
별의 별별 일들이 생겨도 그건 외부의 문제다
그런 것들을 이유 삼고 말로 내뱉기 시작하면
이미 극복, 성장, 성공과는 상관없는 길로 들어서게 된다

반면, 멘탈은 내부의 문제다
운전대를 놓으면 차가 돌아 버리듯이 멘탈을 놓치면 안 된다
멘탈을 놓으면 내가 돌아버린다

멘탈을 왜 놓게 될까?
보통은 극적인 상황과 문제들을 이유로 떠올리지만
멘탈은 결국 자신이 놓는다
이 말은 다시보면 멘탈은 자신이 놓지만
반대로 자신이 잡을 수도 있다는 말이다
외부의 문제는 내가 당장 어찌할 수 없을지라도
내 멘탈은 내가 잡으면 된다

너무 힘들다고 더 이상은 어렵다고 단정하는 자신이
스스로를 더 나아지지 못하게 만들고 멘탈을 놓아버리게 만든다
멘탈을 놓는 순간 상황은 더 최악으로 간다

그러니 어떤 최악의 구렁텅이에 빠지더라도
자신이 그 순간 절대 유리한 점을 찾아내야 된다
사다리가 없으면 손톱을 길러서라도 찍어 올라가겠다는 정신으로
미션임파서블의 주인공이 된 것 마냥 뭐든 이겨내야 된다

상황을 회피하기보다 책임지는 것이다
사건과 상대와 상황의 주인이 되어야 된다
외부의 문제들과 타협하고 합리화해 버리는 순간 스트레스는
사라질 수 있겠지만 그것이 진정한 편안함은 아닐 것이다
이런저런 핑계로 할 수 없는 이유만을 남겨놓고 나면
수고할 필요가 없어지니 꽤 달콤하고 편한 방법이긴 하다

그러나 깊이 보면 할 일을 다한 삶이 정말 두고두고 편한 삶이다
진짜 편안하려면 자기 할 일은 힘들어도 자기가 꼭 하는 것이다

극적인 상황에서도 목적지에 도달하는 삶을 살아 봐야
극적인 보람을 느끼게 되고 한계를 넘는다
살면서 이런 극적인 보람을 느껴 본 사람들은 극적인 어려움과
삶의 힘든 미션들을 마다하지 않고 오히려 정복하며 살아간다

한 번씩은 꼭 극에 가봐야 된다
극에 안 가본 사람들은 진짜 자신이 약한 줄 알지만
〈나〉라는 존재는 그렇게 약하지 않다
알고 보면 우리는 정말 강하다

깨달음

인사이트는 깨달음
깨달음은 꽤 달음
인식만 깨면 뭐든 할 수 있다

굳은 삶이 깨부숴지려면 인식부터 깨부숴야 한다

8부

청춘 위로

오늘은

돌이키고 싶은데
돌이킬 수 없는 지난 일들로
후회되는 일이 있나요?

그런 미련에 사로잡혀 현재를 미루고
걱정하고 고민하며 아쉽게 보내기에는
아까운 시간들입니다

좋은 게 있으면 받아들이세요
좋은 사람이 있으면 만나세요
좋은 대화를 나누세요
좋은 마음과 함께하세요

오늘은 바로 내 남은 인생에
첫 시작인 날입니다

안아 줄래요

화난 모습보다
환한 모습으로
안아 줄래요

그 모습도 나니까

내가 안아 주지 못한 나는
다른 사람이 안아 주길 바라게 되니까

자신에 대한 실망은
자신을 망치니까

스스로가 부족하고
단점이 많아 보여도
안아 줄래요

그 모습도 나니까

매일이면 돼

우리 조금만 더 열심히 살아 보아요

갑자기 완전 열심히 살긴 어려우니까
어제보다 나은 매일이면 돼요

뻔하지 않음

쌍둥이도 서로 다른 게 있는데
나만의 특별함이 없겠습니까

단지 찾았느냐 못 찾았느냐
개발했냐 못했냐의 차이입니다

발달된 만큼 잘나기도 힘든 세상이지만
나 같은 사람이 이 세상에 없다는 사실이
차별화고 경쟁력이에요

당신만의 스토리와 경험들
그걸 캐내서 만들어 보자구요

아껴요
당신의 뻔하지 않음을

당신의 행복을 세어 보세요

걱정거리는 많이 세어 보시죠?
행복했던 순간은요?

지금, 당신의 행복을 세어 보세요
순간순간 얼마나 많은 행복들이 함께 했는지요

Count your Happiness!
Count your Blessings!

감사한 밤이 될 거예요

세상에 나쁜 경험은 없다

다 말하지 못해도
때로는 당연한 듯 참고 있어도
이미 그 어려운 일들을 감당하고 있는 당신이 대단해요

그 경험이 당신을 더 강하게 만들고 있다는 것을 아나요?
힘들겠지만 훌륭한 경험을 하는 중이에요

〈나〉라는 경험의 엔딩만 좋다면
우리 인생에 나쁜 경험은 없습니다

문샷

첨부터
잘하는
사람이
없듯이

끝까지
못하는
사람도
없기를

해 봤어

"해 봤어?"
달이 물었습니다

나는 대답했습니다
아침이 오면 무조건 해 봐야지

방문을 열고 나서면
반드시 당신도 해 보게 될 거예요

날이 밝으면 즉시 해 봐요

그리고 내일 밤
달에게 꼭 얘기하세요

"나, 해 봤어."

해 보면
달라요
별것 아니에요

마음의 비

구름이 많으니 비도 있습니다
그만큼 많은 사람을 품으면
눈물 흘릴 일도 많습니다

문제없는 사람이 없으니
사람이 모인 곳에는
많은 문제들도 모입니다

그 문제들에 대해
끊임없이 답을 주고 묶인 것을 풀어 주며
스스로 해결할 수 있도록 끝없이 붙잡아 주는 사람
그런 사람의 마음은 누가 위로할까요

같이 뛰어 본 사람이라야 하겠죠
그래야 조금이라도 마음에 맞는 힘을 줄 수 있겠죠

함께 울고 함께 웃고
그렇게 마음과 마음이 만나면
서로의 눈에는 단비가 내리겠죠

많은 구름을 품은 사람은 눈물도 많겠지만
그 눈물이 메마른 땅을 적셔 생명의 싹을 틔우네요

이 비가 그치고 나면

"이 비가 그치고 나면
해가 뜹니다."

너무 당연한 말 같지만
우리가 어려움을 겪었을 때
자주 잊는 사실이에요

어려움, 슬픔, 아픔, 힘들다는 것은
사실 그것에 가려진 밝음, 감사, 행복, 사랑도 있다는 것이지요

잊었을 때는
당장 내겐 어려움만 있는 것 같지만
폭우같이 쏟아 내린 어려움은
사실 나에게 꼭 필요했던 것입니다

어려움은 나의 어떤 가뭄이든 부분과
정말 부족한 부분을
해갈하기 위해 내립니다

어려움은 나의 부족을 발견하게 해 주고
해결하겠다는 간절함으로 답을 찾게 해 줍니다

이내 비가 그치고 해가 뜨면
드라이한 것처럼 뽀송한 땅이 되듯이
내 축축했던 문제들도 어느새 말라 뽀송한 답이 될 테니
그때까지 포기하지 않는 것이 중요합니다

쏟아 내린 어려움은 잘 받아들이기만 한다면
갈라진 내 마음 땅에 스며들어
나를 더욱더 건강한 토양으로 만들어 줄 것입니다

"비는 반드시 그칩니다
그리고
이 비가 그치고 나면
반드시 해가 뜹니다."

지금 이 어려움이 그치고 나면
해같이 밝은 내가 떠오를 거예요
진리는 단순하지만
늘 깊네요

흙투성이

흙투성이 소년에게
공주는 말했습니다

"괜찮아,
네게 흙이 묻었다고 네 속까지 더러운 건 아니니까."

소년은 크게 미소 지었습니다

당신이 생각하는 단점이
당신의 전부는 아니에요

달

수없이 채우고
비워 내길 계속해 온
달에게 느끼는 신비함과 아름다움은

늘 같은 패턴, 정해진 룰에 답답할 법도 하지만
도망가지도 벗어나지도 않고
매일 자신의 위치에서 할 일을 하며
비추이는 목적을 다하는데서 온다

자기 자리를 지키는 것에서 느끼는 질서와 아름다움

그래서인지
마땅히 내가 해야 될 일 앞에서 도망치지 않고
좋든 싫든 현재 내가 있어야 할 위치를 지키고 있는 당신도
달처럼 아름답다

마음에 들이기

마음이 닫힌 사람은
어쩌면 그렇게 마음에 드는 게 없는지 모릅니다
정말 마음에 드는 게 하나도 없는 사람 같아요

마음에 '든다'는 것은
마음에 '들어오다'라는 말도 됩니다

마음을 열어야
마음에 드는 것도 생깁니다

마음에 드는 것이 없고
짜증나고 스트레스 받는다면
마음에 닫힌 것은 없는지 확인해 보세요

마음을 열고, 생각을 열고
마음의 환기를 시켜보세요

하루하루가 점점 마음에 드는 사람과
마음에 드는 일들로 채워져 갈 겁니다

인생 단풍

힘들어 봐야 좋은 빛깔이 나는 인생이 참 단풍같다

누군가 인생의 좋은 빛깔을 낸다면
그간 이겨 낸 어려움도 많았음을 알아주길

사소하고 느리고 더딘 변화라도
조금씩 계속 쌓이면 큰 변화가 된다

작은 잎새에서 시작해
온 산과 들을 아름답게 물들이는 형형색색의 단풍처럼

가장 아름답게 물든
자신의 계절을 맞이하길

필요

우리는 필요 없는 것을 가르치기도 하고
필요 없는 것을 배우기도 합니다

정말 필요한 걸
필요하지 않다고 여기기도 하고

알고 보면 정말 쓸데없는 걸
꼭 필요하다며 추구하기도 합니다

꼭 필요성을 깨달아야 합니다

진짜 필요한 것을 분별하도록 방향을 잡고
잊고 있던 필요를 깨운다면 당신의 눈은 빛날 거예요

필요성을 강하게 느끼면 누구든지 배우려 하고
빨리 배우고 즉시 실천합니다

대화나 경험이 계기가 되어 인식이 바뀌고 필요성을 느끼면
누가 시키지 않아도 찾아서 배우고 행동합니다

치료가 필요한지 모르면
결국은 아플 것이고

지혜가 필요한지 모르면
손해 보는 일을 당할 것이고

사랑이 필요한지 모르면
결국 또 외롭고 차가울 것입니다

자신에게 정말 필요한 것이 무엇인지 깨닫는다면
필요가 채워진 마음에 더 이상 공허함은 없을 거예요

바람처럼 가리라

창 안은 여전한데
창 밖에 바람이 분다고 흔들리지는 않듯이

내 안이 여전한데
주변의 상황과 흔드는 말들로
영향받을 건 없습니다

창 안을 보는 사람이 있는가 하면
창에 비추이는 것을 보는 사람이 있으니

각자가 보이는 대로 평가하는 그것은
자신이 평가한 상대보다
오히려 평가하는 자신의 수준을 드러내는 것들이 많습니다

힘든 일과 흔드는 말들은
낙엽처럼 사뿐히 지르밟고
바람처럼 시원하게 갈 길을 가세요

마음의 빗질

어떤 아픈 마음은 평생을 가져간다

헝클어진 걸 문제 삼을 필요도
헝클어진 채 살아갈 필요도 없다

아무리 바람이 불어도
머리채가 뽑히도록 불진 않으니
제 방향으로 잘 넘기면 그만이다

바람도 제 역할이 있으니
바람을 탓할 필요도 없다
그저 차분히 내가 마음의 빗질을 하면 그만이다

몸이 아픈 걸 바로잡는 데는 시간이 걸리지만
생각과 마음은 즉시 바로잡을 수 있다

바람에 헝클어진 머리도
몇 번 스윽 손대면 제자리로 돌아오듯이
헝클어진 마음도
몇 번 쓱 걷어 올리면 말끔해진다

살다 보니 바람도 있고 헝클어지기도 한다
빗어 내면 그만이다

하늘같이

심도 깊은 하늘
가지 끝의 신록과
볼 결을 스치는 봄바람에
온통 하늘하늘하다

거저 보기에는
너무 멋진 봄이 아닌가

하늘, 바람, 햇살, 나무, 자연 모든 것이
값도 없이 받는 기분 좋은 사랑이다

완연한 봄을 느끼며
답답한 문제들의 답은
역시 조막만 한 아집이 아니라
하늘같은 마음을 품는 것

깊은 심호흡과 함께
생각을 고쳐먹는 것이리라

하늘 닮은 마음으로
부족한 나를 덮고 하늘같이 품어 살아가련다